運用心智圖 Mind Mapping English

連美國教授都愛用的
英語單字學習法

72小時5000單 QR Code 版

附全書教學音檔QR Code，
請掃描下載聆聽。
一頁一頁邊聽邊學，
老師就在你手機裡！

林尚德、Samuel A. Denny, Jr.　合著

心智圖英文單字學習法

　　從事英文教學幾年下來，發現每個成人學習英文單字最有感覺的方式都不太一樣，光靠重覆看或聽就有感覺的成人，在台灣的教育制度下非常吃香，成效也不錯，但畢竟占少數，而絕大多數的英文學習者在挫折的學習經驗裡，就誤以為自己比較笨，甚至有些人背五個單字卻忘了八個，最後就乾脆放棄。其實你需要的，只是嘗試其它方式或進一步的把多種方式一起使用。

　　有的人學習必須要有邏輯在其中才會有感覺；有的人則必須看到圖像才會有感覺，我也遇過對以上方式都沒感覺的同學，一直到他用身體把動作做出來才有感覺。所以只能説：「沒有學不起來的單字，只有還沒找到的方法。」

　　這一本書的問世，必須感謝這十幾年來「教導」我的學生們，感謝你們教我如何能幫助更多人，遠離亞洲填鴨式學習方式的苦海，和讓許多沒自信到自我放棄的孩子們，發現自己的聰明和潛能。

　　同時這本書也希望經由聽、説、圖像、動作加邏輯，幫助你更輕鬆的到達英文學習的下一個境界：真正的使用英文，不再被單字量給困住。能因此自由、順暢地使用英文這個語言。這套學習法，已有上百位16歲以上學員見証其卓越的成效，你將會是下一位。

林尚德 Sean Li

July 16th, 2014

Fort Worth, Texas

It has been a tremendous pleasure and privilege to have collaborated with Professor Sean Lin of National Taipei University of Technology on this project. As an educator at Sangmyung University in Seoul, South Korea, I am confronted daily with the challenge of providing my students, who are themselves training to be future teachers, with stimulating learning materials that will be useful and engaging. The approach that Professor Lin introduces in this book is innovative, motivational for learners, and well tested through years of practical teaching. As a non-native speaker of English himself who has lived and traveled in the United States and Western Europe, Professor Lin knows well from his own life experience the obstacles that learners face in real life situations and what is required to obtain effective, communicative competence. Consequently, this book is a product of Professor Lin's love for his students and intense desire to help them succeed, and it was my great honor to have made a small contribution to this effort.

Samuel A. Denny, Jr.
Associate Professor
Department of English Education
Sangmyung University

運用心智圖背誦單字
學習流程圖

只要跟著聽、說、看、思考和做動作,自然而然就可以把單字記起來!

邊聽MP3邊對照本書該單元的心智圖和插圖。

練習自己從無到有把心智圖畫出來並想一次所有的意思。忘記就再把插圖或表格看一遍。

平常聽MP3時,在腦中畫出心智圖,練習到只要看到字根就能畫出心智圖和把所有意思都想出來。

學新單元和複習前面所有單元。注意!一天一個新單元即可,勿超過三個。

平時聽MP3複習,看過的所有單元,日常生活中,一個單字忘掉就複習整個圖,不會花超過5分鐘。

如何使用本書

▶ Part 1 先了解字首 / 字尾的意思

本書精選常用字首 / 字尾各25個，你只要先了解大致的意思即可！

字首例字表

	字首	含意	例字
1	ab-＊ abs-＊	from（從）away from（遠離）, off	abnormal（不正常） absent（缺席）
2	se-＊	aside...（旁） away（遠離）	secede（脫離） seduce（誘惑）
3	dis-＊	not（不）, apart from（遠離） opposite（相反）	dishonest（不誠實） dislocate（脫離原位）
4	ad-＊	to（去） toward（朝向）	adhere（附著） adjoin（接近）
5	con-＊ com-＊	together（一起） fully（全）	collect（收集） combine（集中）
6	contra-＊ contro-＊	against（反） opposite（相對）	contrast（相反） controversy（有爭 counteract（反作用
7	ob-＊	against（對抗）	object（反對） oppose（對抗）
8	ex-＊	out（出來；外）	eject（彈出） evolve（發展出） exit（出口）
9	extra-＊	outside（外面） beyond（額外）	extravagant（揮霍 extraordinary（特殊
10	in-＊ im-＊	into（入） on（上） not（不；相反）	immigrate（移入） incision（割切）
11	inter-＊	between, among （……之間）	international（國際 intersection（十字

12

字尾例字表

	字首	詞性 / 含意	例字
1	＊-er ＊-or ＊-eer	N.（～人） 主動做該動作的人或物	employer（僱主） supervisor（管理人） volunteer（志願者）
2	＊-ant ＊-ent	Adj. 情況 N. 人	contestant（角逐者） accountant（會計師）
3	＊-ee	N. 被動接受該動作的人	employee（僱工）
4	＊-ist	N. 人（專家）	specialist（專家）
5	＊-age	N.	courage（勇氣） marriage（結婚） luggage（行李） language（語言）
6	＊-ance ＊-ence ＊-ancy ＊-ency	N.	finance（財政）
7	＊-ment	N.	document（文件） commitment（託付）
8	＊-ness	N.	kindness（仁慈） happiness（幸福）
9	＊-ure		exposure（暴露）
10	＊-ion	N.	distraction（分心） depression（沮喪）
11	＊-ive	Adj.	impressive（感人的） abstractive（抽象的）
12	＊-ity ＊-ty	N.	infinity（無限） identity（相同）

14

步驟 1

聆聽作者完全解說教學MP3

　　作者用現場教學方式親錄MP3，詳細解說每個字根對應的字首／字尾及相關單字，讓你宛如名師在旁指點，最方便！

步驟2

先了解字根的中文意思

　　本書精選115個使用頻率最高的字根，每一個字根都有對應的中文意思。有了中文意思輔助理解，你會發現面對的不再是完全陌生的單字，最安心！

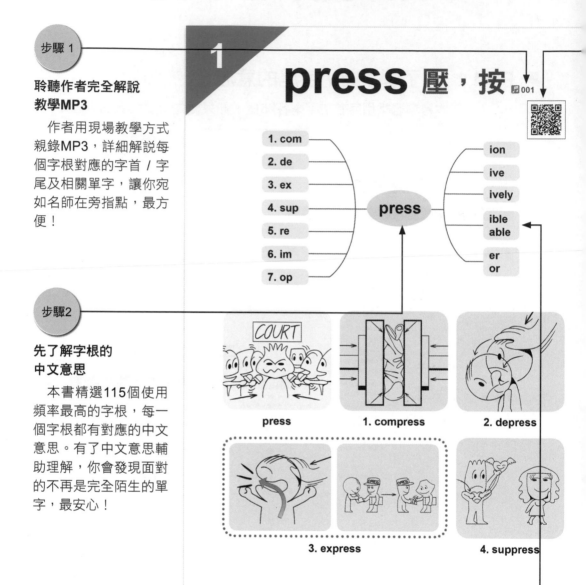

1

press 壓，按 🎵 001

1. com
2. de
3. ex
4. sup
5. re
6. im
7. op

press

ion
ive
ively
ible
able
er
or

press

1. compress

2. depress

3. express

4. suppress

20

步驟3

運用圖像式思維的心智圖結合常用字首／字尾

　　運用心智圖結合常用字首／字尾，透過「字首 + 字根 + 字尾」的簡單形式，迅速化為5000個實用的單字，最完整！

全書所有音檔皆附QR Code，翻開頁面、隨掃隨聽，省去查找音軌的麻煩！（請自行使用智慧型手機，下載喜歡的QR Code掃描器，更能有效偵測書中QR Code！）

5. repress   6. impress   7. oppress

步驟5

對照英文單字的
中文意思及詞性

　　單字表中彙整字根對應單字的中文意思及詞性，讓你一目了然，最好學！

Vocabulary	中文	N.	Adj.
press	v. 按；壓；擠 N. 媒體；記者	pressure	
1　compress	v. 壓縮；精簡	compression	compressive
2　depress	v. 使沮喪；壓低；使蕭條； 抑制；減少	depression	depressive
3　express	v. 擠出；表達；快遞	expression	expressive
4　suppress	v. 鎮壓；抑制	suppression	suppressive
5　repress	v. 鎮壓；抑制	repression	repressive
6　impress	v. 使留下印象	impression	impressive
7　oppress	v. 壓迫；折磨；鬱悶	oppression	oppressive

步驟6

把相關延伸單字
一起記起來

　　單字表中彙整字根對應單字的延伸單字，讓你可以完整學習，最全面！

步驟7

反覆聆聽MP3默想心智
圖，單字輕鬆背

　　耳朵邊聽老師講解、嘴巴跟著說、眼睛看插圖、身體跟著理解做動作，外加用邏輯把單字記起來，只要72個小時，5000單字輕鬆背，最扎實！

21

步驟4

搭配單字插圖輔助學習

　　本書依單字意思繪製可愛插圖，你可以跟著插圖的動作一起做看看或聯想，加深對單字的印象，輔助記憶效果好，最貼心！

目　錄

附錄

281

字首 / 字尾

本書精選常用字首／字尾各25個，您只要先了解大致
的意思即可，不用背！

字首例字表

	字首	含意	例字
1	ab-* abs-*	from（從）away from（遠離）, off	abnormal（不正常） absent（缺席）
2	se-*	aside...（旁） away（遠離）	secede（脫離） seduce（誘惑）
3	dis-*	not（不）, apart from（遠離） opposite（相反）	dishonest（不誠實） dislocate（脫離原位）
4	ad-*	to（去） toward（朝向）	adhere（附著） adjoin（接近）
5	con-* com-*	together（一起） fully（全）	collect（收集） combine（結合）
6	contra-* contro-*	against（反） opposite（相對）	contrast（相反） controversy（有爭議的） counteract（反作用）
7	ob-*	against（對抗）	object（反對） oppose（對抗）
8	ex-*	out（出來；外）	eject（彈出） evolve（發展出） exit（出口）
9	extra-*	outside（外面） beyond（額外）	extravagant（揮霍的） extraordinary（特殊的）
10	in-* im-*	into（入） on（上） not（不；相反）	immigrate（移入） incision（割切）
11	inter-*	between, among （……之間）	international（國際的） intersection（十字路的）

	字首	含意	例字
12	intro-＊ intra-＊	into（往內） within（之內）	introvert（使向內） introspect（內省，反省）
13	super-＊ supra-＊ sur-＊	over, above（……之上）	supersede（取代） supernatural（超自然的）
14	sub-＊	under（……之下）	submarine（潛水船） subject（使隸屬）
15	de-＊	down（下）	depress（沮喪） degrade（降級）
16	em-＊ en-＊	in（內） make（使）	embrace（擁抱） encase（包裹）
17	per-＊	through（經由）	pervade（蔓延） perfume（香水）
18	pre-＊	before（之前）	predict（預知） premeditate（預謀）
19	pro-＊	forward（向前）	project（計劃） pronoun（代名詞）
20	re-＊	back（回） again（再）	refund（退款） reread（再讀）
21	un-＊	not（不）	unsafe（不安全） unsure（不確定）
22	mis-＊	wrong（錯）	misspell（拼錯） misinterpret（譯錯）
23	trans-＊	across, over（越過）	transmit（傳送） translate（翻譯）
24	mono-＊	one-（一） single（單一的）	monopoly（專賣） monotone（單調）
25	tri-＊	three（三）	triangle（三角）

字尾例字表

	字首	詞性 / 含意	例字
1	*-er *-or *-eer	**N.**（～人） 主動做該動作的人或物	employer（僱主） supervisor（管理人） volunteer（志願者）
2	*-ant *-ent	**Adj.** 情況 **N.** 人	contestant（角逐者） accountant（會計師）
3	*-ee	**N.** 被動接受該動作的人	employee（僱工）
4	*-ist	**N.** 人（專家）	specialist（專家）
5	*-age	**N.**	courage（勇氣） marriage（結婚） luggage（行李） language（語言）
6	*-ance *-ence *-ancy *-ency	**N.**	finance（財政）
7	*-ment	**N.**	document（文件） commitment（託付）
8	*-ness	**N.**	kindness（仁慈） happiness（幸福）
9	*-ure	**N.**	exposure（暴露）
10	*-ion	**N.**	distraction（分心） depression（沮喪）
11	*-ive	**Adj.**	impressive（感人的） abstractive（抽象的）
12	*-ity *-ty	**N.**	infinity（無限） identity（相同）

	字首	詞性 / 含意	例字
13	*-ify	V. cause（做；使）	specify（詳細說明）
14	*-ize *-ise	V. cause（做；使）	fantasize（想像）
15	*-ish	V. Adj.	finish（完成） sweetish（有點甜的）
16	*-less	Adj. without, missing（無）	useless（無用的）
17	*-ful	Adj. full of 充滿；很多	useful（有用的） joyful（快樂的）
18	*-ory *-ary *-ery	N. place for 地點 / 人 Adj.	territory（領土） anniversary（週年紀念日） secretary（祕書） contrary（相反的） honorary（名譽上的）
19	*-ous	Adj.	famous（著名的）
20	*-ate	V. Adj.	graduate（畢業） delicate（微妙的）
21	*-al	Adj. N.	financial（財政的） disposal（處置） proposal（提議）
22	*-able *-ible	Adj. 可……的	tractable（易處理的） adorable（討人喜歡的） lovable（可愛的） possible（可能的）
23	*-ably *-ibly	Adv. 可……地	tractably（溫順地） adorably（可崇拜地） possibly（可能地）
24	*-ability	N. 可……的性質	tractability（易加工的東西） possibility（可能發生的事物）
25	*-ly	Adv.	joyfully（喜悅地）

字首圖解

1. ab-* 、 abs-* away

2. se-* away（遠離）

3. dis-* not（不）、apart（遠離）、opposite（相反）

4. ad-* to（去）、toward（朝向）

5. con-* 、 com-* together（一起）、fully（全）

6. contra-* 、 contro-* 、 counter-* against（反；相對）

7. ob-* against（對抗）

8. ex-* out（出來；外）

9. extra-* outside（外面）、beyond（額外）

10. in-* 、 im-* into（入）、on（上）、not（不；相反）

11. inter-* between, among（……之間）

12. intro-* 、 intra-* into（往內）、within（之內）

13. super-＊、supra-＊、sur-＊
over、above（……之上）

14. sub-＊　under（……之下）

15. de-＊　down（下）

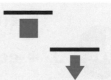

16. em-＊、en-＊　in（內）、make（使）

17. per＊　through（經由；從頭到尾）

18. pre-＊　before（之前）

19. pro-＊　forward（向前）

20. re-＊　back（回）、again（再）

21. un-＊　not（不）

22. mis-＊　wrong（錯）

23. trans-＊　across, over（越過）　A B

字尾圖解

人 **N.**
1. ＊-er、＊-or
   ＊-eer
2. ＊-ant
   ＊-ent
3. ＊-ee
4. ＊-ist

V.
1. ＊-ify
2. ＊-ize、＊-ise
3. ＊-ish
4. ＊-ate

Adj.
1. ＊-ive
2. ＊-less
3. ＊-ful
4. ＊-ory、＊-ary
   ＊-ery
5. ＊-ous
6. ＊-al
7. ＊-able、＊-ible
8. ＊-ant、＊-ent

N.
1. ＊-age
2. ＊-ance
   ＊-ence
   ＊-ancy
   ＊-ency
3. ＊-ment
4. ＊-ness
5. ＊-ure
6. ＊-ion
7. ＊-ity、＊-ty
8. ＊-ability
9. ＊-ory
   ＊-ary
   ＊-ery

Adv.
1. ＊-ably
   ＊-ibly
2. ＊-ly

心智圖5000單

精選115個使用頻率最高的字根，運用心智圖結合常用
字首／字尾，透過「字首 + 字根 + 字尾」的簡單形式，迅
速化為5000個實用的單字，最完整！

press 壓，按 ♪001

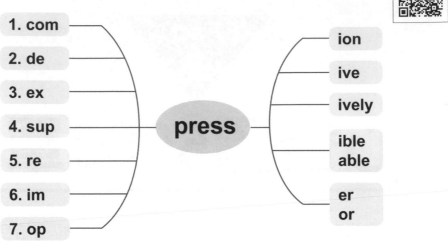

1. com		ion
2. de		ive
3. ex	press	ively
4. sup		ible / able
5. re		
6. im		er / or
7. op		

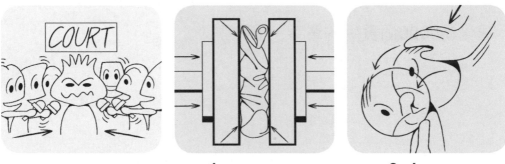

press | 1. compress | 2. depress

3. express | 4. suppress

5. repress　　　　**6. impress**　　　　**7. oppress**

	Vocabulary	中文	N.	Adj.
	press	**V.** 按；壓；擠 **N.** 媒體；記者	pressure	
1	compress	**V.** 壓縮；精簡	compression	compressive
2	depress	**V.** 使沮喪；壓低；使蕭條； 抑制；減少	depression	depressive
3	express	**V.** 擠出；表達；快遞	expression	expressive
4	suppress	**V.** 鎮壓；抑制	suppression	suppressive
5	repress	**V.** 鎮壓；抑制	repression	repressive
6	impress	**V.** 使留下印象	impression	impressive
7	oppress	**V.** 壓迫；折磨；鬱悶	oppression	oppressive

spect 看 (= view / look) 🎵002

1. ex
2. su
3. per
4. pro
5. in
6. re
7. a
8. intro
9. circum
10. retro

spect

3. ive **N.**

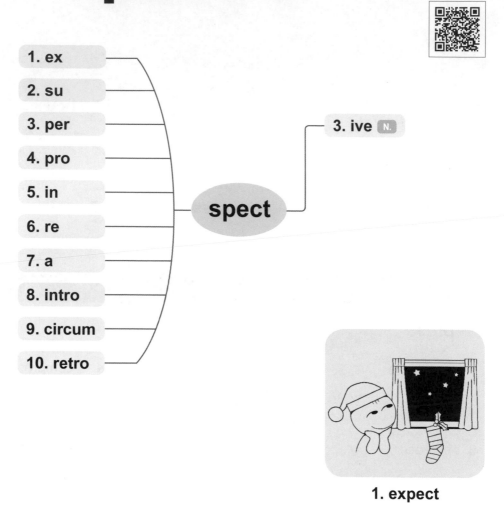

1. expect

2. suspect

4. prospect

5. inspect

6. respect

9. circumspect

	Vocabulary	中文
1	expect	**V.** 期待，預期
2	suspect	**V.** 懷疑，不信任；猜想 **N.** 嫌疑犯，可疑分子 **Adj.** 可疑的 (+ of / to / with)
3	perspective	**N.** 看法，觀點；遠景；展望；前途 透視圖；洞察力；眼力
4	prospect	**N.** 指望；預期；景色；視野 **V.** 勘探；勘察
5	inspect	**V.** 檢查；審查
6	respect	**N.** **V.** 敬重，尊敬，尊重 (+ for / as)
7	aspect	**N.** 方面；觀點 (+ of)；向，方位；外觀，樣子
8	introspect	**V.** 內省，自省，反省
9	circumspect	**Adj.** 慎重的，謹慎小心的
10	retrospect	**N.** **V.** 回顧，回想；追溯

spec 看

♬ 003

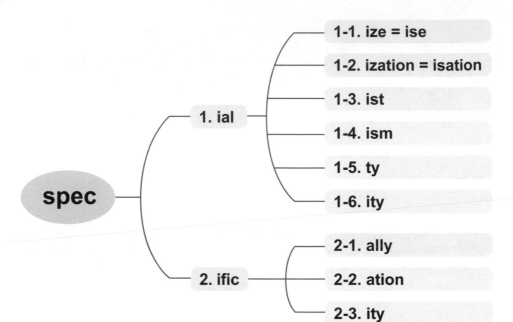

- 1. ial
  - 1-1. ize = ise
  - 1-2. ization = isation
  - 1-3. ist
  - 1-4. ism
  - 1-5. ty
  - 1-6. ity
- 2. ific
  - 2-1. ally
  - 2-2. ation
  - 2-3. ity

spec

1-4. specialism

2. specific

	Vocabulary	中文
1	special	Adj. 特別的；特殊的 Adv. (-ly)
1-1	specialize = specialise	V. 專攻；詳細說明；使專門化； 使特殊化限定；特指；列舉
1-2	specialization = specialisation	N. 特別化；專門化；（意義的）限定
1-3	specialist	N. 專家 (+ in)；專科醫生
1-4	specialism	N. 專門；專長
1-5	specialty	N. 專業；專長 Adj. 特色的
1-6	speciality	N. 特質；細目；專長；專業；名產；特製品
2	specific	Adj. 特定的；明確的；具體的 N. 特性；特效藥
2-1	specifically	Adv. 特別地；明確地；具體地；按特性；按類別
2-2	specification	N. 載明，詳述；規格；明細單
2-3	specificity	N. 具體性，明確性

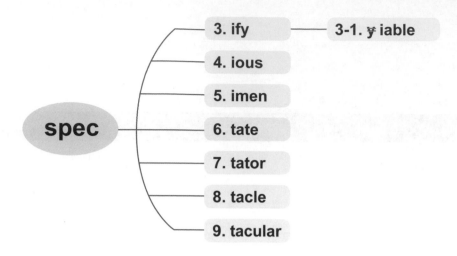

```
                                            3. ify ─────── 3-1. ꙮ iable
                                            4. ious
                                            5. imen
          spec ─────────                    6. tate
                                            7. tator
                                            8. tacle
                                            9. tacular
```

8. spectacle

	Vocabulary	中文
3	specify	V. 具體指定，詳細指明
3-1	specifiable	Adj. 可指明的，可區分的
4	specious	Adj. 外觀好看的，華而不實的　　Adv. (-ly)
5	specimen	N. 樣品，樣本 (+ of)；實例；典型 (+ of)；標本
6	spectate	V. 出席觀看
7	spectator	N. 觀眾，旁觀者，目擊者
8	spectacle	N. 景象；奇觀；壯觀；眼鏡 (-s)
9	spectacular	N. 奇觀；壯觀　　Adj. 壯觀的；壯麗的　　Adv. (-ly)

expect 期待 ♫004

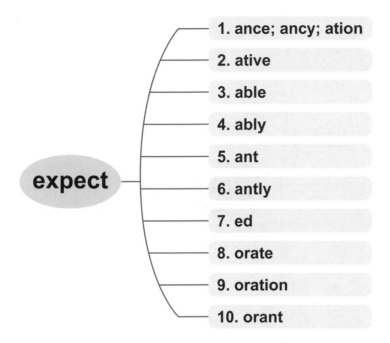

- 1. ance; ancy; ation
- 2. ative
- 3. able
- 4. ably
- 5. ant
- 6. antly
- 7. ed
- 8. orate
- 9. oration
- 10. orant

expect

	Vocabulary	中文
	expect	V. 期待；預期
1	expectance expectancy expectation	N. 期待；預期
2	expectative	Adj. 期望的
3	expectable	Adj. 可預期的
4	expectably	Adv. 如所預料或預期
5	expectant	Adj. 期待著的；懷孕的　　N. 期待者；候選人
6	expectantly	Adv. 期待地；期望地
7	expected	Adj. 預期要發生的；期待中的
8	expectorate	V. 咳出（痰、血等）；吐（唾液等）
9	expectoration	N. 吐；咳出；咳痰、血；吐痰；吐出的痰（等）
10	expectorant	Adj. 祛痰的　　N. 祛痰劑

3

tract 拉 (= to pull) ♫ 005

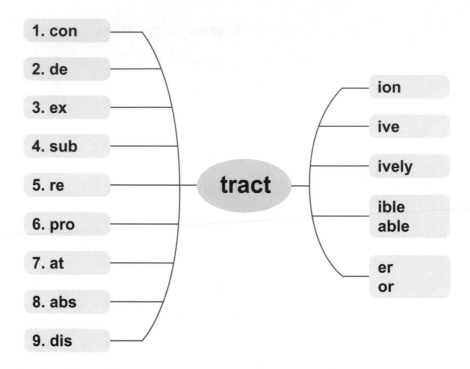

1. con	ion
2. de	ive
3. ex	ively
4. sub	ible able
5. re	er or
6. pro	
7. at	
8. abs	
9. dis	

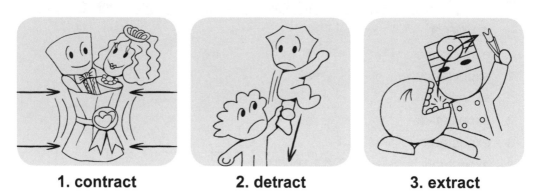

1. contract   **2. detract**   **3. extract**

6. protract　　　**7. attract**　　　**8. abstract**

	Vocabulary	中文	N.	Adj.
1	contract	**N.** 契約，婚約		
	contract	**V.** 收縮	contraction	contractive
2	detract	**V.** 減損，降低	detraction	detractive
3	extract	**V.** 抽出，提煉	extraction	extractive
	extract	**N.** 摘錄，精選		
4	subtract	**V.** 減去 (+ from)	subtraction	subtractive
5	retract	**V.** 縮回（爪子等），撤回，收回（聲明，承諾等）	retraction	retractive = retractile
6	protract	**V.** 延長	protraction	protractile 伸出的；突出的
7	attract	**V.** 吸引	attraction	attractive
8	abstract	**N.** 摘要；抽象 **Adj.** 抽象的；深奧的 **V.** 使抽象化	abstraction	abstractive
9	distract	**V.** 使分心	distraction	distractive

延伸單字

	Vocabulary	中文
1	abstracted	*Adj.* 出神的；發呆的
2	tractable	*Adj.* 馴良的；易處理的
3	retreat	*V.* *N.* 撤退；隱退（處）；靜修；使後退
4	protractor	*N.* 圓規

1. abstracted

2. tractable

3. retreat

MEMO

sist 站 (= stand) 🎵 006

1. ex
2. as
3. con
4. de
5. re
6. per
7. in
8. sub

sist

1. exist

2. assist

3. consist

4. desist

5. resist

7. insist

Vocabulary		中文
1	exist	**vi.** 存在；生存；生活(+ on)
2	assist	**v.** 幫助，協助 (+ with / in)，支持；促進；到場，出席 (+ at)
3	consist	**vi.** 組成，構成 (+ of)；在於；存在於 (+ in)；一致，符合 (+ with)
4	desist	**vi.** 停止；打消念頭，克制自己不做 (+ from / in)
5	resist	**vt.** 抵抗；反抗；抗拒；抗（酸）；耐（熱）；忍耐（常用於否定句）；忍住 (+ v-ing)
6	persist	**v.** 堅持；固執 (+ in / with)；持續；存留
7	insist	**v.** 堅持；堅決認為 (+ that)
8	subsist	**v.** 活下去，維持生活 (+ on)；繼續存在；（邏輯上）成立；供給……糧食

assist 🎵007

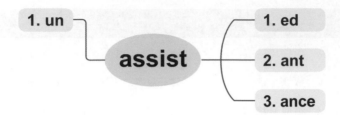

Vocabulary	中文
assist	v. 幫助，協助 (+ with / in)，支持；促進；到場，出席 (+ at)
1 unassisted	Adj. 無助的；獨立的
2 assistant	N. 助手；助理；助教；店員 Adj. 助理的；輔助的；有幫助的 (+ to)
3 assistance	N. 援助，幫助 (+ in)

resist ♫008

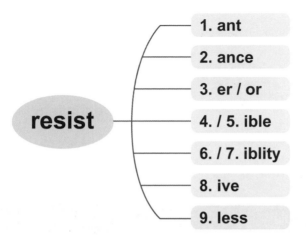

- 1. ant
- 2. ance
- 3. er / or
- 4. / 5. ible
- 6. / 7. iblity
- 8. ive
- 9. less

	Vocabulary	中文
	resist	Vt. 抵抗；反抗；抗拒；抗（酸）；耐（熱）忍耐（常用於否定句）；忍住 (+ v-ing)
1	resistant	Adj. 抵抗的；抗⋯⋯的；防⋯⋯的 N. 抵抗者；防染劑
2	resistance = resistiveness	N. 抵抗，反抗 (+ to)；抵抗力，抗性，耐性；抵制，阻力；電阻；電阻器
3	resister = resistor	N. 抵抗者；電阻器
4	resistible	Adj. 可抵抗的　　Adv. (-ly)
5	irresistible	Adj. 不可抵抗的；富有誘惑力的　　Adv. (-ly)
6	resistibility = resistivity	N. 抗拒性
7	irresistibility	N. 不可抗拒性
8	resistive	Adj. 有抵抗力的
9	resistless	Adj. 無法抵抗的；無抵抗力的

exist 🎵 009

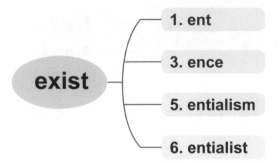

exist
- 1. ent
- 3. ence
- 5. entialism
- 6. entialist

Vocabulary	中文
exist	Vi. 存在；生存；生活 (+ on)
1 existent = existential	Adj. 存在的；實有的；目前的
2 inexistent = nonexistent	Adj. 不存在的
3 existence	N. 存在，生存；存在物，實體
4 inexistence = nonexistence	N. 不存在；非存在性
5 existentialism	N. 【哲】存在主義
6 existentialist	N. 存在主義者

persist ♫ 010

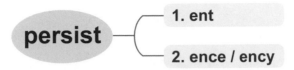

persist
─ 1. ent
─ 2. ence / ency

Vocabulary		中文
persist		**V.** 堅持，固執 (+ in / with)；持續，存留
1	persistent	**Adj.** 堅持不懈的，固執的；持續的，持久的；反覆的，不斷的
		Adv. (-ly)
2	persistence persistency	**N.** 堅持；固執；持續，持久

insist

insist
─ 1. ent
─ 2. ence / ency

Vocabulary		中文
insist		**V.** 堅持；堅決認為 (+ that)
1	insistent	**Adj.** 堅持的；強要的；持續的 (+ on / upon)；引人注目的；顯著的；急切的
		Adv. (-ly)
2	insistence insistency	**N.** 堅持；強調；堅決要求 (+ on / upon)

5

pose / position 🎵 011

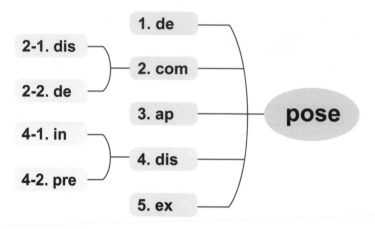

- 2-1. dis
- 2-2. de
- 4-1. in
- 4-2. pre

- 1. de
- 2. com
- 3. ap
- 4. dis
- 5. ex

pose

pose

1. depose

2. compose

放，置 (= put / locate) 011

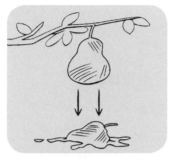

2-2. decompose

4. dispose

5. expose

	Vocabulary	中文
1	depose	**v.** 罷免，廢（王位）；置放；【律】宣誓作證
2	compose	**v.** 作（詩、曲等）；使安定，使鎮靜；組成，構成 (+ of)
2-1	discompose	**Vt.** 使不安；使煩惱
2-2	decompose	**v.** 分解；使腐爛
3	appose	**v.** 附；添；使並列
4	dispose	**Vt.** 配置；佈置；處置；處理；整理；使傾向於；使有意於
4-1	indispose	**Vt.** 使不願；使厭惡；使不能；使不適合
4-2	predispose	**v.** 使預先有傾向（或意向）；使易受感染；使易接受
5	expose	**Vt.** 使暴露於；使接觸到；揭露；揭發；使（軟片、膠卷）曝光

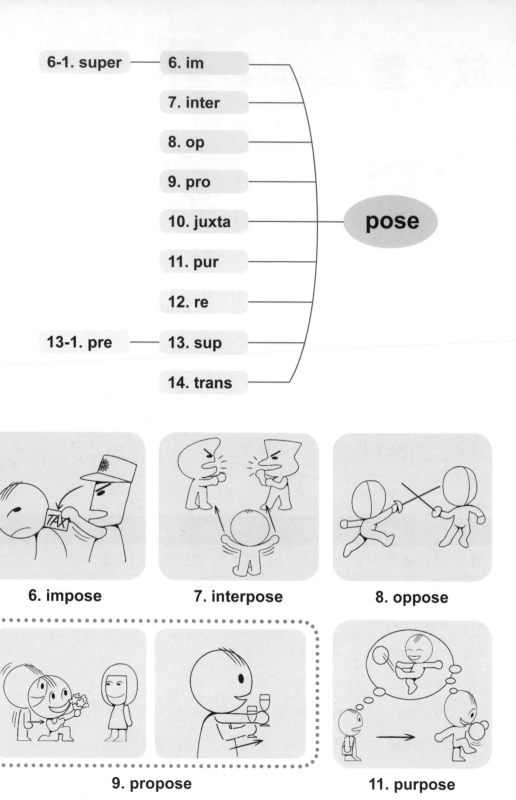

6-1. super ── 6. im

7. inter

8. op

9. pro

10. juxta

11. pur

12. re

13-1. pre ── 13. sup

14. trans

pose

6. impose

7. interpose

8. oppose

9. propose

11. purpose

12. repose

13. suppose

14. transpose

	Vocabulary	中文
6	impose	**Vt.** 徵（稅）；加（負擔等）於 (+ on / upon)；把……強加於 (+ on / upon) **Vi.** 利用；佔便宜；打擾 (+ on / upon)；欺騙 (+ on / upon)
6-1	superimpose	**V.** 把……放置在上面，重疊；加上去
7	interpose	**V.** 介入；插入；仲裁；調停；插嘴
8	oppose	**V.** 反對；反抗；妨礙；使相對；對抗 (+ to / against)
9	propose	**Vt.** 提議，建議，提出 (+ v-ing) (+ that)；推薦；計劃；打算 (+ to-v)；求婚 (+ to)；祝（酒）；為……乾杯
10	juxtapose	**Vt.** 將……並置，將……並列
11	purpose	**V.** 意圖；決意；打算 **N.** 目的；意圖用途；效用
12	repose	**Vi.** 躺；靠 (+ on)；長眠；安息；靜臥；蘊藏；被安放；座落 (+ on) **V.** 把（希望等）寄託於 (+ in)；將（管轄權等）交於 (+ in)；安放；安置 **N.** 歇息；睡眠；安詳；安靜；長眠；和諧
13	suppose	**V.** 猜想，以為，期望；認為，應該，必須；以……為前提；假定 (+ that)
13-1	presuppose	**Vt.** 預先假定，預料；以……為前提
14	transpose	**V.** 調換；【數】移項；【音】變調；【電】移位

延伸單字

Vocabulary	中文
deposit	**V.** 放下，放置；寄存；把（錢）儲存；存放（銀行等）（+in）；沉澱 **N.** 存款；保證金；押金，定金；沉澱物

deposit

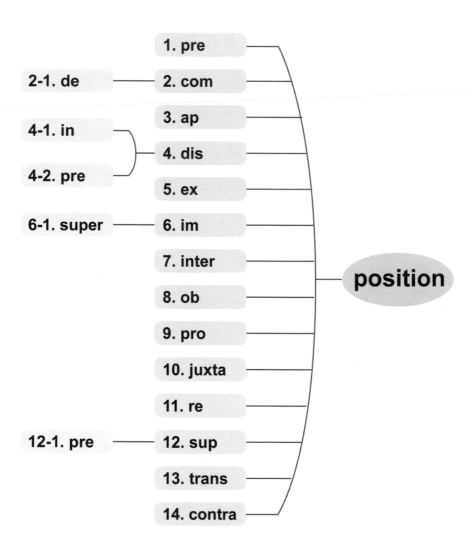

- 1. pre
- 2-1. de — 2. com
- 3. ap
- 4-1. in ┐
- 4. dis
- 4-2. pre ┘
- 5. ex
- 6-1. super — 6. im
- 7. inter
- 8. ob
- 9. pro
- 10. juxta
- 11. re
- 12-1. pre — 12. sup
- 13. trans
- 14. contra

position

	Vocabulary	中文
1	preposition	**N.** 介系詞
2	composition	**N.** 作品；作文；樂曲；成分；氣質；脾性
2-1	decomposition	**N.** 分解；腐爛
3	apposition	**N.** 並置；【語】同位語
4	disposition	**N.** 性格，性情；傾向，意向；配置，排列；部署；處理；解決；支配（權）；處置（權），清除，贈予，出售；轉讓
4-1	indisposition	**N.** 不舒服，微恙；不願意，嫌惡
4-2	predisposition	**N.** 傾向；素質；易染病體質
5	exposition	**N.** 闡述；說明；解說；展覽會；博覽會；說明文
6	imposition	**N.** （稅的）徵收；施加（懲罰等）徵收的稅；懲罰；負擔；不公平的負擔；不合理的要求；利用，欺詐，哄騙
6-1	superimposition	**N.** 重疊；添上；附加物
7	interposition	**N.** 介入，插入；仲裁，調停；插嘴
8	opposition	**N.** 反對，反抗，對抗 (+ to)；敵對，對立，意見相反 (+ to)
9	proposition = proposal	**N.** 建議，提議，計劃，提案
10	juxtaposition	**N.** 並置；並列
11	reposition	**N.** 貯藏；放回；【醫】（外科）復位術 **Vt.** 改變……的位置，【軍】使變換陣地；【醫】使復位
12	supposition	**N.** 想像，假定；看法，見解
12-1	presupposition	**N.** 預想，假定，前提
13	transposition	**N.** 調換
14	contraposition	**N.** 對置，對位，對照

6

spire 呼吸 (= to breathe) ♫ 012

1. a
2. con
3. ex
4. in
5. per
6. re
7. su
8. tran

spire

2. conspire

3. expire

4. inspire

5. perspire

6. respire

7. suspire

Vocabulary		中文
spire	N.	螺旋；螺線；螺線的一圈；尖塔；尖頂；錐形體
1 aspire	V.	熱望，嚮往；懷有大志 (+ to / after)
2 conspire	V.	同謀，密謀 (+ with / against)；協力，共同促成
3 expire	V.	滿期，屆期，（期限）終止；呼氣，吐氣
4 inspire	V.	鼓舞，激勵；驅使，鼓舞，激勵，激起，喚起（感情、思想等），引起，產生；煽動；吸氣；賦予靈感
5 perspire	V.	出汗，流汗；辛勞，苦幹；分泌；滲出
6 respire	V.	呼吸
7 suspire	V.	嘆息，長嘆；呼吸
8 transpire	V.	被人知道，透露；蒸發，散發；排出

延伸單字

	Vocabulary		中文
1	inspiration	N.	靈感，鼓舞人心的人或事，吸入；吸氣
2	perspiration	N.	汗；汗水，辛苦；賣力
3	respiration	N.	呼吸
4	respiratory	Adj.	呼吸的

7

tain 握住 (= to hold) ♪ 013

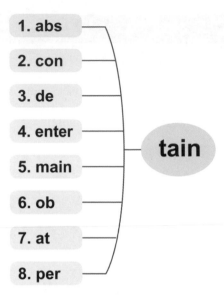

1. abs
2. con
3. de
4. enter
5. main
6. ob
7. at
8. per

tain

2. contain

3. detain

4. entertain

5. maintain

6. obtain

Vocabulary		中文
1	abstain	v. 1. 戒；避免；避開 2. 棄權
2	contain	v. 1. 包含；容納 2. 控制；遏制 3. 相當於 4.（數）可被……除盡
3	detain	vt. 留住，使耽擱；拘留，扣留
4	entertain	v. 1. 使歡樂，使娛樂 2. 招待，款待 (+ with / at / to) 3. 懷著，抱著，持有（信心等） 4. 接受，準備考慮 5. 款待，請客
5	maintain	v. 維持，保持，使繼續；維修，保養；堅持，主張；斷言； 供養，扶養，負擔，支持；保衛；堅守
6	obtain	vt. 得到，獲得 vi. 得到公認；通用；流行；存在
7	attain	v. 達到；獲得 (+ to)；到達 (+ to) N. 成就，造詣
8	pertain	v. 從屬，附屬；有關，關於；適合，相配

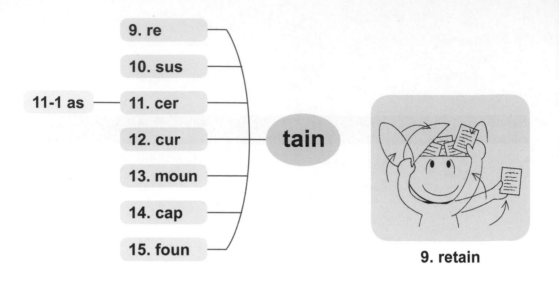

9. retain

Vocabulary		中文
9	retain	V. 1. 保留；保持 2. 留住；擋住，攔住
10	sustain	V. 1. 支撐；承受，承擔；支持，鼓舞 2. 維持，供養；支援 3. 忍受，禁得起；遭受，蒙受 4.【律】確認，認可 5. 證實，證明
11	certain	Adj. 確鑿的，無疑的；可靠的
11-1	ascertain	V. 查明，確定，弄清楚 (+ that)
12	curtain	N. 簾；窗簾；門簾；帷幔 V. 給……裝上簾子；（用簾子）遮掉，隔開 (+ off)
13	mountain	N. 山
14	captain	N. 陸軍上尉；海軍上校；【美】空軍上尉；船長，艦長， （飛機的）機長；隊長；領隊 V. 擔任隊長，統帥，指揮
15	fountain	N. 泉水，噴泉；水源；噴泉式飲水器；（知識等的）源泉； 根源 (+ of)

延伸單字

	Vocabulary	中文
1	continent	**N.** 大陸，陸地；大洲；（大寫）歐洲大陸 **Adj.** 自制的，克制的；節慾的
2	container	**N.** 容器；貨櫃
3	detention	**N.** 滯留；延遲
4	entertainment	**N.** 招待，款待；遊藝，演藝；餘興；娛樂，消遣
5	maintenance	**N.** 維持，保持；維修，保養；堅持，主張；扶養； 生活費；贍養費
6	obtainable	**Adj.** 能得到的
7	retention	**N.** 保留；保持；記憶力
8	tenant	**N.** 房客；佃戶；承租人

1. continent

8. tenant

fer 帶

(= to carry / to bear) ♫ 014

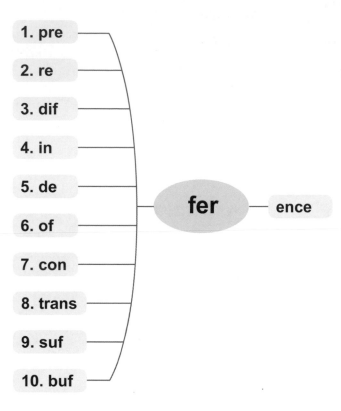

1. pre
2. re
3. dif
4. in
5. de
6. of
7. con
8. trans
9. suf
10. buf

fer — ence

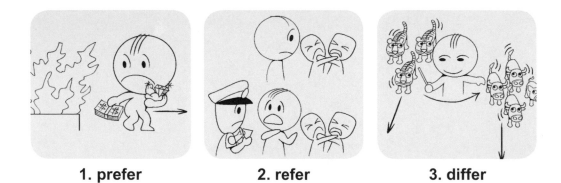

1. prefer　　**2. refer**　　**3. differ**

5. defer

6. offer

7. confer

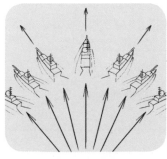

8. transfer

9. suffer

	Vocabulary	中文
1	prefer	**v.** 寧可，寧願（選擇）；更喜歡
2	refer	**Vt.** 把……歸因於，認為……起源於；把……歸類於；交付；轉介紹 (+ to) **Vi.** 論及，談到，提及；查閱，參考；查詢，涉及，有關 (+ to)
3	differ	**v.** 不同，相異 (+ from)；意見不同 (+ from / with)
4	infer	**v.** 推斷，推論；猜想 (+ from)；意味著 (+ that)；暗示；表明
5	defer	**v.** 推遲，使展期；聽從，順從
6	offer	**v.** 給予，提供；拿出，出示；願意；試圖（做某事）；提議 **v.** **N.** 出價；貢獻；奉獻
7	confer	**v.** 授予（學位）；給予，賦予；商談，協商 (+ with / on)
8	transfer	**v.** 搬；轉換；調動；改變，轉變；移交；轉讓；轉帳
9	suffer	**v.** 遭受，經歷；忍受，受苦；患病 (+ from)
10	buffer	**N.** 緩衝器，減震器，緩衝的空間或時間，緩衝作用的人（或物）

延伸單字

	Vocabulary	中文
1	circumference	N. 圓周；周長
2	conference	N. 會議
3	conferment	N. 授予，賜給
4	deference	N. 聽從，順從 (+ to)
5	deferment	N. 推辭，延期
6	ferry	N. 渡輪，聯運船，擺渡船
7	sufferance	N. 遭受
8	referral	N. 提及；參考；推薦；介紹；指點；被推薦人；（經介紹）客戶

1. circumference

6. ferry

8. referral

MEMO

9

cept 拿 (= take) ♫015

1. ac
2. con
3. contra
4. ex
5. re
6. inter
7. in
8. per
9. pre

cept

1. accept

2. concept

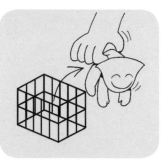

4. except

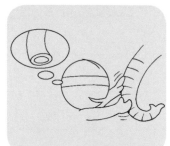

8. percept

	Vocabulary		中文
1	accept	**V.**	接受，領受，答應，同意，承認，認可，相信
2	concept	**N.**	概念，觀念；思想
3	contracept	**N.**	避孕
4	except	**Prep.** 除……之外 **Conj.** 除了；要不是；但是 **Vt.** 把……除外；不計 **Vi.** 反對，表示異議	
5	recept	**N.**	對同一物體或相似諸物體之連續感覺而形成之心像
6	intercept	**V.** 攔截，截住，截擊；截斷；中止；截取；截聽 **N.** 攔截，截住，截擊	
7	incept	**V.**	開始；攝取；取得碩士（或博士）學位；就職
8	percept	**N.**	認知；認知的對象；由知覺（或認識）而得的印象
9	precept	**N.**	訓誡，戒律

ject 丟 (= to throw) ♫ 016

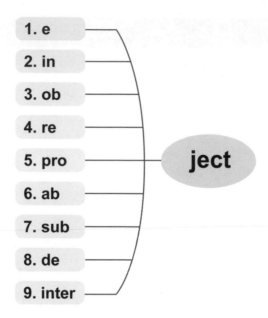

1. e
2. in
3. ob
4. re
5. pro
6. ab
7. sub
8. de
9. inter

ject

1. eject

2. inject

3. object

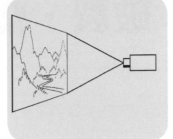

4. reject　　　**5. project**　　　**9. interject**

	Vocabulary	中文
1	eject	**v.** 逐出，轟出；噴射，吐出
2	inject	**v.** 注射；插（話）；引入，投入
3	object	**N.** 物體；對象；目標，目的，宗旨；受詞；反對
4	reject	**v.** 拒絕，抵制；去除，丟棄；駁回，否決；吐出；排斥
5	project	**v.** **N.** 突出，伸出；計劃，企劃；投擲，發射，噴射；投射，映
6	abject	**Adj.** 糟透的；淒苦的；難堪的；自卑的；卑鄙的
7	subject	**N.** 主題；題目；題材；科目，學科；主詞；接受實驗者，實驗品，實驗對象 **Adj.** 易受……的，易患……的；以……為條件的；須經……的；隸屬的，受支配的
8	deject	**Adj.** 沮喪的，氣餒的 **v.** 使沮喪，使灰心
9	interject	**v.** 插話，插嘴

延伸單字

	Vocabulary	中文
1	objectify	**v.** 客觀化
2	objective	**Adj.** 客觀的
3	projector	**N.** 設計者，計畫者；投影機；放映機；放映師
4	subjective	**Adj.** 主觀的

rupt 破裂，爆裂

017

(= to break / to burst)

1. ab

2. e

3. dis

4. cor — **rupt**

5. inter

6. ir

7. bank

1. abrupt

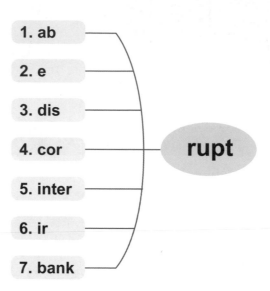

2. erupt

3. disrupt

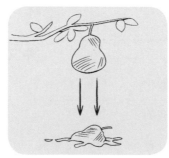

4. corrupt

5. interrupt

6. irrupt

	Vocabulary	中文
1	abrupt	**Adj.** 突然的；意外的；（態度等）唐突的，魯莽的；陡峭的，險峻的；（文章風格等）不連貫的
2	erupt	**v.** 噴出，爆發
3	disrupt	**Adj.** 破裂的，中斷的 **v.** 使分裂，使瓦解；使混亂，使中斷
4	corrupt	**Adj.** 腐敗的，貪污的；墮落的，邪惡的；走樣的；污濁的，不潔的 **v.** 墮落，腐化；腐壞，腐爛；賄賂，收買；篡改（原稿）
5	interrupt	**v.** 打斷；打擾；中斷；遮斷；阻礙
6	irrupt	**v.** 侵入，闖進；（感情等）迸發；大量繁殖
7	bankrupt	**Adj.** 破產的；枯竭 **v.** 使破產；使赤貧 **N.** 破產者；赤貧者

延伸單字

Vocabulary	中文
corruptibility	**N.** 腐敗性

12

ceive 拿 (= take) ♫018

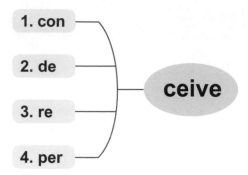

1. con
2. de
3. re
4. per

ceive

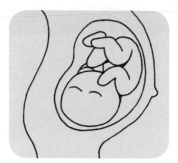

1. conceive

2. deceive

3. receive

4. perceive

Vocabulary		中文
1	conceive	v. 構想出;想像;設想,構想,設想;懷胎,懷孕; 抱有(想法、感情等);表達;認為
2	deceive	v. 欺騙,蒙蔽,哄騙(某人)做,欺詐,行騙
3	receive	v. 收到,接到,得到,受到,遭受;接待,歡迎,接受;接球; 會客
4	perceive	v. 察覺,感知,意識到,理解

13 duce 帶領，引導 (= lead) ♫ 019

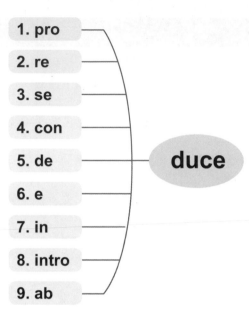

1. pro
2. re
3. se
4. con
5. de
6. e
7. in
8. intro
9. ab

duce

1. produce

2. reduce

3. seduce

4. conduce

5. deduce

6. educe

7. induce　　　　**8. introduce**

Vocabulary		中文
duce		**N.** （源自義大利語）元首；領袖
1	produce	**V.** 生產，製造 **N.** 產品
2	reduce	**V.** 減少，降低
3	seduce	**V.** 誘惑，引誘
4	conduce	**V.** 有貢獻於；導致；有益
5	deduce	**V.** 演繹，推論 (+ from)
6	educe	**Vt.** 引出，取出；推斷；演繹
7	induce	**V.** 引誘，引起，導致；勸
8	introduce	**V.** 介紹，引見 (+ to)
9	abduce	**V.** 【生理】外展

延伸單字

	Vocabulary	中文
1	abducens	N. 【生理】外展肌肉
2	abducent	Adj. 【生理】外展的
3	conducive	Adj. 有助的，有益的，促成的 (+ to)
4	deducible	Adj. 可推論的
5	deduction	N. 扣除，減除；扣除額，減除額；推論；演繹
6	educate	V. 教育；培養；訓練
7	education	N. 教育；培養；訓練
8	educational	Adj. 教育的
9	educationally	Adv. 從教育方面來講
10	educationist = educationalist	N. 教育家
11	educative	Adj. 教育的；有助教育的
12	educator	N. 教師；教育學家
13	inducement	N. 引誘；勸誘；引誘物；誘因；動機
14	educible	Adj. 可引出的
15	introducer	N. 介紹人，引薦人；引入者，提出者，創始者
16	introduction	N. 介紹；正式引見；引進，傳入 (+ of / to / into)；採用；被採用的東西；引種；引言，序言；序論
17	seducible	Adj. 易受誘惑的
18	seduction	N. 教唆；誘惑；魅力；吸引
19	seducer	N. 誘惑者；騙子；玩弄女性的人

MEMO

mit / mission

🎵 020

1. ad
2. re
3. com
4. e
5. o
6. per
7. sub
8. inter
9. trans
10. de

mit

mit

1. admit

3. commit

4. emit

送；丟 (= to send / to throw)

7. submit

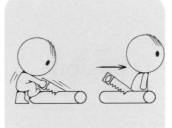

8. intermit

9. transmit

	Vocabulary	中文
1	admit	**Vt.** 承認 (+ v-ing / that)；准許進入，准許……進入 (+ into / to)；容許；可容納 **Vi.** 承認 (+ to)；容許；有餘地 (+ of)；通向 (+ to)
2	remit	**Vt.** 寬恕；赦免，豁免（捐稅等），免除（處罰），緩和；減輕，減退；使鬆懈，提交，移交（問題等）(+ to)，傳送；匯寄 (+ to) **Vi.** 緩和；減輕，匯款
3	commit	**v.** 犯（罪），做（錯事）；把……交託給，委託，承諾
4	emit	**v.** 散發，放射；發出
5	omit	**Vt.** 遺漏；省略；刪去 (+ from)
6	permit	**v.** 允許，許可，准許
7	submit	**v.** 使服從，使屈服；使經受，使受到；提交，呈遞；忍受 submit oneself to 屈服於；歸順於
8	intermit	**v.** 暫停，間斷
9	transmit	**v.** 傳送，傳達；發射；播送；傳播；傳染
10	demit	**v.** 放棄；開除；辭職

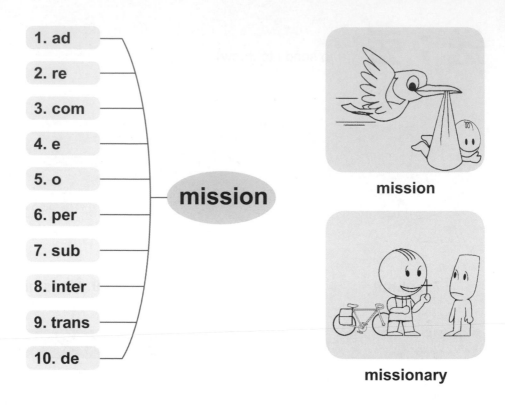

1. ad
2. re
3. com
4. e
5. o
6. per
7. sub
8. inter
9. trans
10. de

mission

mission

missionary

Vocabulary		中文
mission		N. 使命，任務
missionary		Adj. 傳教的，教會的
		N. 傳教士
1	admission	N. 進入許可，加入許可 (+ to / into)；入場費； 入場券，門票；承認，坦白(+ of) (+ that)；任用，錄用
2	remission	N. 寬恕；豁免；減輕；緩解
3	commission	N. 佣金；委任，委託；任務，權限，職權；委員會； 委任狀；所委職責，所授軍銜；犯（罪），犯罪行為 V. 委任，委託；任命，授銜
4	emission	N. 放射；散發；射出物；發行
5	omission	N. 省略；刪除；遺漏；疏忽；失職
6	permission	N. 允許，許可，同意
7	submission	N. 屈從；歸順；投降；謙恭，柔順； 提交（物），呈遞（書）；提交仲裁協議書
8	intermission	N. 間歇；暫停；中斷； （戲劇等中間的）休息時間，幕間休息

	Vocabulary	中文
9	transmission	N. 傳送；傳達；傳染，傳播
10	demission	N. 遜位；免職

延伸單字

	Vocabulary	中文
1	committee	N. 委員會，監護人（被委託的人）
2	demise	V. 轉讓　N. 死亡
3	emissary	N. 密使，間諜（的）
4	missile	Adj. 可發射的　N. 子彈，飛彈
5	submissive	A. 柔順的，服從的
6	vomit	V. 嘔吐
7	dismiss	V. 解散，解雇　N. dismissal

1. committee

2. demise

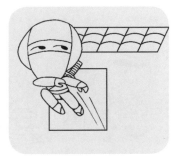

3. emissary

4. missile

5.submissive

15 fin 鰭；界限 (end / boundary) ♫ 021

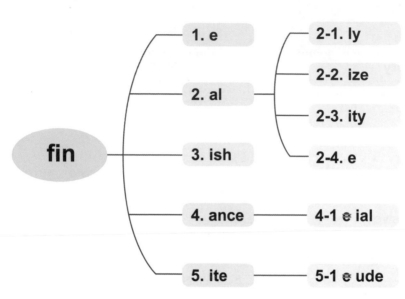

fin

- 1. e
- 2. al
  - 2-1. ly
  - 2-2. ize
  - 2-3. ity
  - 2-4. e
- 3. ish
- 4. ance
  - 4-1 ♦ ial
- 5. ite
  - 5-1 ♦ ude

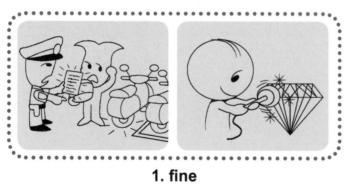

1. fine

2-4. finale

4. finance

5. finite

	Vocabulary	中文
1	fine	N. 罰款 (= penalty) V. 罰（金）；使精細 Adj. Adv. 美好的；細微的
2	final	Adj. 最後的 N. 決賽
2-1	finally	Adv. 最後
2-2	finalize = 3. finish	V. 完成，結束
2-3	finality	N. 定局，決定性
2-4	finale	N. 終曲，結尾
4	finance	N. 財政，金融 V. 供給資金
4-1	financial	Adj. 金融的
5	finite	Adj. 有限的
5-1	finitude	N. 限度

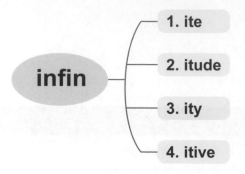

	Vocabulary	中文
1	infinite	Adj. 無限的
2	infinitude	N. 無限
3	infinity	N. 無限大，無量
4	infinitive	N.（Adj.）不定詞（的）

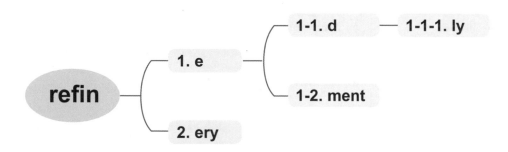

	Vocabulary	中文
1	refine	V. 使優美；文雅，提煉，昇華
1-1	refined	Adj. 有教養的；優美的
1-1-1	refinedly	Adv. 精煉地；優美地；精確地
1-2	refinement	N. 優雅；提煉
2	refinery	N. 精鍊廠

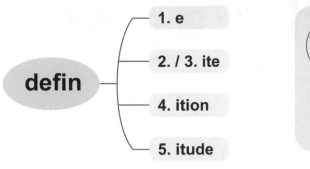

defin
1. e
2. / 3. ite
4. ition
5. itude

1. define

	Vocabulary	中文
1	define	V. 下定義，使明確
2	definite	Adj. 明確的，肯定的
3	indefinite	Adj. 不明確的，不肯定的
4	definition	N. 定義
5	definitude	N. 明確

confine — 1. ment

1. confine

	Vocabulary	中文
	confine	V. 限制；禁閉，幽禁 N. 邊界，區域，範圍
1	confinement	N. 限制；幽禁；監禁；分娩（期）

port 帶；運送；門戶 🎵022

(= to carry / gate, door)

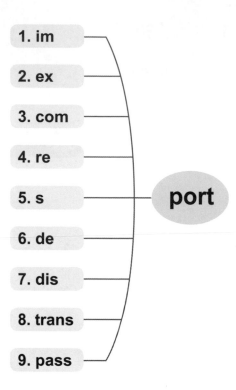

1. im
2. ex
3. com
4. re
5. s
6. de
7. dis
8. trans
9. pass

port

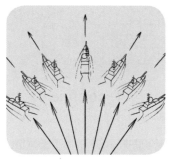

2. export

4. report

5. sport

6. deport

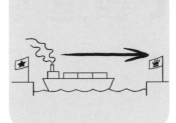
8. transport

9. passport

	Vocabulary	中文
1	import	N. V. 進口，輸入；引進 (+ from)；含有……意思，意味著
2	export	N. V. 輸出，出品
3	comport	V. 舉動，舉止；相稱，一致；合適
4	report	V. 報告，報導；記述，描述，告發，揭發 N. 報告；報告書；報導；通訊
5	sport	N. V. 遊戲，娛樂，消遣
6	deport	V. 舉止；驅逐（出境）；放逐
7	disport	V. 歡娛；炫耀；娛樂；嬉戲 N. 娛樂
8	transport	V. 運送，運輸，搬運；使忘我；使激動；放逐，流放
9	passport	N. 護照；通行證；執照，手段

延伸單字

	Vocabulary	中文
1	comportment = behavior	N. 舉動；態度；習慣；風度
2	reportable	Adj. 可報告的，應該報告的，值得報告的
3	supportive	Adj. 支援的，贊助的，支持的

17

fect 製造，做 (= to make) ♫ 023

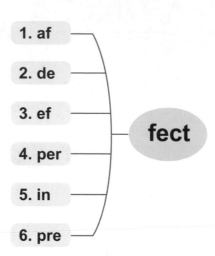

1. af
2. de
3. ef
4. per
5. in
6. pre

fect

1. affect

2. defect

3. effect

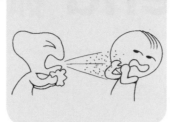

4. perfect   **5. infect**   **6. prefect**

Vocabulary		中文
1	affect	**v.** 影響，對……發生作用；使感動，使震動；（病）侵襲；罹患假裝，裝作 (+ to-v)
2	defect	**N.** 缺點，缺陷，不足之處 **V.** 逃跑，脫離；背叛 (+ to / from)
3	effect	**V.** 造成；產生；招致；實現，達到（目的） **N.** 結果 (+ on / upon)，效果，效力；作用；影響 (+ on / upon)；要旨，意義；（法律的）效力，產生效力；（色彩、聲音的）印象；效果；財產，動產
4	perfect	**Adj.** 完美的；理想的；精通的；完全的 **V.** 使完美；做完
5	infect	**V.** 傳染，侵染，感染；使受影響；感染；污染；腐蝕；使腐化
6	prefect	**N.** 古羅馬的長官；高級文武官員；地方行政長官；（法國等的）省長；（巴黎）警察廳長

延伸單字

	Vocabulary	中文
1	confection	**N.** 西點；糖果；果醬；蜜餞
2	effective	**Adj.** 有效的；（法律等）生效的，起作用的
3	infectious	**Adj.** 傳染的；傳染性的；有感染力的，易傳播的

18 prehend 抓住 (= to seize) 🎵 024

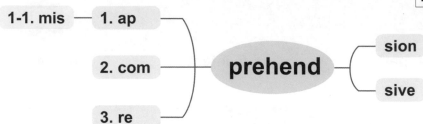

- 1-1. mis — 1. ap
- 2. com — prehend — sion / sive
- 3. re

1. apprehend

2. comprehend　　**3. reprehend**

	Vocabulary	中文
1	apprehend	v. 逮捕；對……擔慮；理解，領會 (+ that)
1-1	misapprehend	v. 誤解
2	comprehend	v. 理解，了解，領會；包含，包括
3	reprehend	v. 斥責；指摘

延伸單字

	Vocabulary	中文
1	comprehensibility	N. 可瞭解性
2	comprehensible	Adj. 可理解的
3	comprehensive	Adj. 廣泛的；綜合的

stitute 站立 (= to stand) 🎵 025

1. con
2. de
3. in
4. sub
5. re
6. pro

stitute

1. constitute

2. destitute

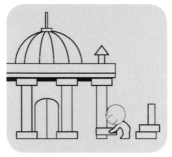

3. institute

4. substitute

5. restitute　　　　　　　　**6. prostitute**

	Vocabulary	中文
1	constitute	**V.** 構成，組成；設立（機構等）；制定（法律等）；指定，任命，選派
2	destitute	**Adj.** 缺乏的，沒有的；窮困的，貧困的
3	institute	**N.** 學會，學社，協會；會館；學校，學院，大學；研究所；原則，規則，慣例；摘要；法規匯編 **V.** 創立；設立；制定；開始；著手；使就職；授（牧師）以聖職
4	substitute	**N.** 代替人；代替物；代用品 (+ for) **V.** 用……代替；代替 **Adj.** 代替的，代用的；替補的
5	restitute	**V.** 恢復；償還
6	prostitute	**N.** 娼妓 **V.** 使賣淫

20 quire 尋找 (= to seek) ♪ 026

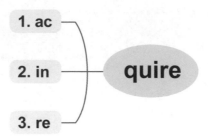

1. ac
2. in
quire
3. re

1. acquire

2. inquire

3. require

	Vocabulary	中文
1	acquire	v. 取得，獲得；學到；養成；捕獲（目標）
2	inquire	v. 訊問，查問；調查；詢問；調查 (+ about / into)
3	require	v. 需要 (+ v-ing / that)；要求，命令

延伸單字

	Vocabulary	中文
1	acquirement	N. 取得；學得
2	acquisition	N. 獲得，取得
3	inquiry	N. 詢問，打聽；質詢 (+ about / into)；調查 (+ into)；探究，探索；疑問；問題
4	requirement	N. 需要；必需品；要求；必要條件；規定 (+ for)

trans 穿越

（從A點到B點）(= cross) 🎵 027

trans

1. mit
2. parent
3. picous
4. late
5. migrate
6. migrant
7. migration
8. fer
9. feree

1. transmit

2. transparent

4. translate

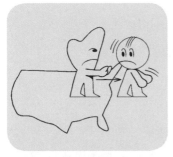

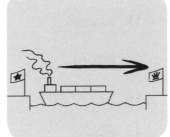

6. transmigrant　　　**8. transfer**

	Vocabulary	中文
1	transmit	V. 傳送，傳染 N. transmission Adj. transmissible
2	transparent	Adj. 透明的，率直的 (= transpicuous / see-through) Adv. (-ly) N. transparence = transparency 透明
3	transpicuous	Adj. 透明的
4	translate	V. 翻譯 (+ from / into)，解釋，說明 Adj. translatable / translative N. translation / translator
5	transmigrate	V. 移居；輪迴
6	transmigrant	Adj. 移居的 N. 移民
7	transmigration	N. 移居；轉生；輪迴
8	transfer	V. 遷移；轉校 N. (-ence)
9	transferee	N. 受讓人，承買人；被調任者

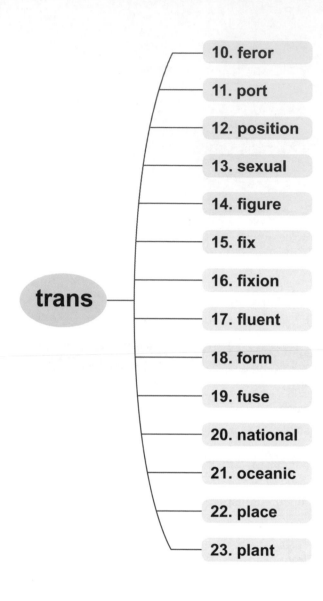

trans

10. feror

11. port

12. position

13. sexual

14. figure

15. fix

16. fixion

17. fluent

18. form

19. fuse

20. national

21. oceanic

22. place

23. plant

11. transport

12. transposition

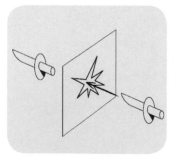

15. transfix

18. transform

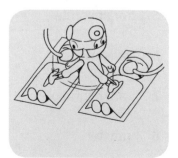

23. transplant

	Vocabulary	中文
10	transferor = transferrer	**N.** 讓渡人，讓賣人
11	transport	**V.** 運送，運輸；搬運 **N.** (-ation / -or) adj. (-able)
12	transposition	**N.** 調換；更換
13	transsexual	**N.** 改變性別者 **Adj.** 改變性別者的
14	transfigure	**V.** 使變形；使改觀；美化
15	transfix	**V.** 刺穿 (= transpierce)；嚇呆
16	transfixion	**N.** 戳穿
17	transfluent	**Adj.** 橫流的
18	transform	**V.** 改造，變化；改革 **N.** (-ation / -er) 改革者；變壓器 **Adj.** (-able / -ative)
19	transfuse	**V.** 輸（血）；注射；移注；傾注；灌輸 **N.** transfusion **Adj.** transfusible
20	transnational	**Adj.** 跨國的
21	transoceanic	**Adj.** 越洋的
22	transplace	**V.** 換位
23	transplant	**V.** **N.** 移植，移種 (+ from / to)，使移居 (+ to) transplant operation 器官移植術

22 clude 關起來 (= to close) ♫ 028

1. ex
2. con
3. in
4. oc
5. pre
6. se

clude

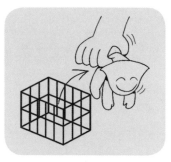

1. exclude

2. conclude

3. include

5. preclude

	Vocabulary	中文
1	exclude	v. 拒絕接納；把……排除在外；不包括；逐出，開除 (+ from)；排斥（可能性等），對……不予考慮
2	conclude	v. 結束 (+ by / with)；推斷出，斷定 (+ that)；決定（為） (+ to-v / that)
3	include	v. 包括，包含；算入，包含於……裡面
4	occlude	v. 封閉；堵塞；阻擋；吸收；牙齒咬合
5	preclude	v. 排除；防止，杜絕；阻止，妨礙 (+ from)
6	seclude	v. 使隔離，使孤立；使隱退，使隱居 (+ from)

延伸單字

	Vocabulary	中文
1	exclusive	Adj. 排外的，排他的，專有的，清一色的，不包括的 N. 獨家新聞
2	conclusive	Adj. 決定性的，確實的，最後的
3	inclusive	Adj. 包含的，包括的
4	occlusive	Adj. 閉塞的，咬合的
5	preclusive	Adj. 除外的；妨礙的
6	seclusive	Adj. 隱居性的

23 ple 充分；充滿的；完成

(= to fill) 🎵 029

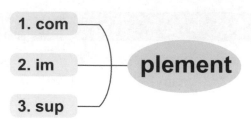

1. com
2. im
3. sup

plement

1. complement　　**2. implement**　　**3. supplement**

	Vocabulary	中文
1	complement	N. 補充物，補足物；配對物 (+ to / of)；足數，全數，整套；補語
2	implement	N. 工具，器具，用具，裝備；傢俱；手段 V. 實施，執行
3	supplement	N. 增補，補充 (+ to)；補遺；附錄；增刊，副刊 V. 增補，補充

延伸單字

	Vocabulary	中文
1	complimentary	**V.** 讚美，恭維；敬意 **N.** 恭維的；贈送的
2	implementation	**N.** 履行；完成

serve 服務，維持，

- 1. de
- 2. re
- 3. con
- 4. dis
- 5. sub
- 6. pre
- 7. ob

serve

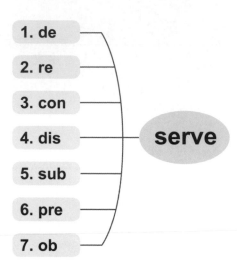

1. deserve

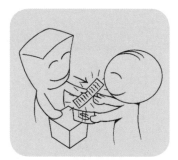

2. reserve

3. conserve

6. preserve

7. observe

保持，保存 (= to keep) 🎵 030

Vocabulary		中文
serve		**V.** 服務；服役；供職；幫傭 (+ in / on / under)，招待，侍候；上酒，端菜；適用；有用；足夠 (+ for / as / + to-v)，發球；送達（傳票等）(+ on / with) **N.** 發球（權）
1	deserve	**V.** 應受，該得 (+ to-v)
2	reserve	**V.** 儲備，保存；保留 (+ for)；預約，預訂；延遲作出；暫時不作
3	conserve	**V.** 保存；保護；節省；用糖保存，將……做成蜜餞 **N.** 糖漬食品，蜜餞；果醬
4	disserve	**V.** 虐待　　**N.** disservice 幫倒忙的行為；傷害；造成損害的行為
5	subserve	**V.** 有利於；對……有幫助
6	preserve	**V.** 保存，保藏；防腐 (+ from)；保護；維護；維持；醃（肉）；把……做成蜜餞（或果醬，罐頭）；禁獵，把……劃為禁獵區 **N.** 蜜餞；果醬；保護區；禁獵區；防護用品；護目鏡
7	observe	**V.** 看到，注意到；觀察，觀測；監視；遵守，奉行；說；評述，評論 (+ on / upon)；慶祝（節日等）

延伸單字

	Vocabulary	中文
1	conservative	**Adj.** 保守的
2	observance	**N.** 遵守
3	observational	**Adj.** 觀察的；根據觀察的
4	observatory	**N.** 天文臺；氣象臺；瞭望臺；觀測所
5	reservation	**N.** 預訂；預訂的房間或席座　保留（意見）；異議；（公共）專用地；禁獵區；自然保護區
6	preservation	**N.** 保護；維護；維持
7	preservative	**Adj.** 保護的；防腐劑

25

gest 帶，運送 (= to carry)

♫ 031

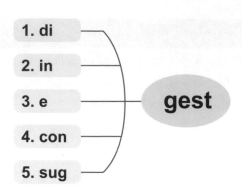

1. di
2. in
3. e
4. con
5. sug

gest

1. digest

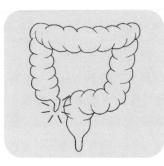

2. ingest

4. congest

	Vocabulary	中文
1	digest	v. 消化（食物）；領悟，融會貫通；整理，做……的摘要 N. 摘要；文摘
2	ingest	v. 嚥下；攝取；吸收；吸納；接待
3	egest	v. 排出（汗、糞便等）；排泄
4	congest	v. 充塞；充滿；使充血；擁塞；擁擠；充血 (+ with)
5	suggest	v. 建議，提議 (+v-ing / that)；暗示；啟發 (+ that)；使人想起， 使人聯想到

MEMO

duct 帶領 (= to lead) ♬ 032

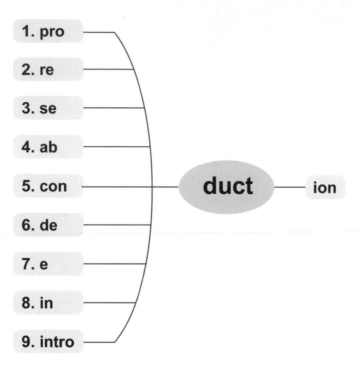

1. pro
2. re
3. se
4. ab
5. con
6. de
7. e
8. in
9. intro

duct ion

1. product   **3. seduction**   **4. abduct**

5. conduct

6. deduct

9. introduction

	Vocabulary	中文
	duct	N. 輸送管；導管
1	product	N. 產品；作品；創作
2	reduction	N. 減少；削減 (+ in)；縮小；下降，降低；降級；縮圖，縮版；轉換，變化；歸納；簡化；（數）簡化，約化（化）還原（作用）
3	seduction	N. 教唆；誘惑；魅力；吸引
4	abduct	V. 誘拐；綁架；劫持；【生】使外展
5	conduct	V. 引導，帶領，經營，管理，指揮 N. 行為，品行，舉動；引導，管理
6	deduct	Vt. 扣除，減除 (+ from)
7	educt	N. 引出之物；推斷；【化】析出物
8	induct	Vt. 吸收……為會員；引導，帶領
9	introduction	N. 介紹，正式引見；引進，傳入；引言，序言，序論

延伸單字

	Vocabulary	中文
1	abduction	N. 誘拐，綁架；劫持；【解】外展肌
2	abductor	N. 誘拐者；綁架者；劫持者；【生理】外展肌
3	conduction	N. 傳導；輸送
4	conductance	N. 傳導；【電】傳導性
5	conductive	Adj. 傳導（性）的；有傳導力的
6	conductivity	N. 【電】導電率；【物】傳導性
7	conductible	Adj. 可傳導的
8	conductibility	N. 傳導性
9	conductor	N. 領導者；管理人；嚮導，指揮，導體；避雷針
10	deduction	N. 扣除，減除；扣除額，減除額；推論；演繹（法）
11	deductive	Adj. 推論的；演繹的
12	deductively	Adv. 推論地；演繹地
13	deductible	Adj. 可扣除的；可減免的 N. （保險）扣除條款
14	eduction	N. 引出；推斷；引出的事物
15	induction	N. 就職；就職儀式；入會；首次經驗，入門；誘導，誘發；【數】歸納法；歸納；（內燃機）吸氣，進氣
16	inductance	N. 【電】感應係數；電感；感應線圈，感應器
17	inductive	Adj. 引人的；誘導的【數】歸納性的（電）感應的
18	inductively	Adv. 誘導地；歸納地
19	inductivity	N. 誘導性
20	inductile	Adj. 無展延性的；不柔順的
21	inductor	N. 授職者；【電】誘導器
22	inductee	N. 就任者

23	introductory	Adj. 介紹的；前言的；準備的
24	oviduct	N. 輸卵管
25	productive	Adj. 生產的；豐饒的；多產的；肥沃的；富有成效的，有收穫的；出產……的；產生……的 (+ of)；生痰的
26	reductant	N. 還原劑
27	reductionism	N. 簡化論
28	reductive	Adj. 減少的；還原的
29	seductive	Adj. 引誘的；引人注意的；有魅力的
30	seductively	Adv. 誘惑地；勾引地；誘姦地
31	seductiveness	N. 有誘惑力；富有魅力
32	seductress	N. 勾引男人的女人
33	semiconducting	Adj. 半導體的
34	semiconductor	N. 【電】半導體 semiconductor chip 半導體晶片

10. deduction

15. induction

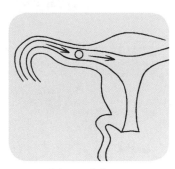

24. oviduct

scribe / scription

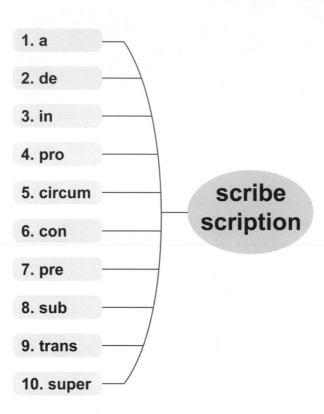

1. a
2. de
3. in
4. pro
5. circum
6. con
7. pre
8. sub
9. trans
10. super

scribe scription

1. ascribe

2. describe

3. inscribe

繕寫；劃出，刻出 (= to write) 🎵 033

4. proscribe

9. transcribe

10. superscribe

	Vocabulary	中文
1	ascribe	**v.** 把……歸因（於）；把……歸屬（於）
2	describe	**v.** 描寫，描繪，敘述，形容
3	inscribe	**v.** 刻；雕 (+ on / upon)；題寫；印 (+ in / with)；題獻，題贈 (+ to / for)；牢記，銘記 (+ on / in)；把……登記入冊；註冊
4	proscribe	**v.** 剝奪……的公權；放逐；禁止；排斥
5	circumscribe	**v.** 在周圍畫線；限制；為……下定義；為……劃界線
6	conscribe	**vt.** 徵召……入伍；限制；約束
7	prescribe	**v.** 規定，指定 (+ that)；開（藥方），為……開（藥方）；囑咐 (+ for)
8	subscribe	**v.** 認捐；捐助 (+ to)；簽名，署名；訂閱；訂購；認購 (+ for)
9	transcribe	**v.** 抄寫，謄寫；把（資料）改錄成另一種形式；改編（樂曲）；預錄製（節目）
10	superscribe	**vt.** 在……上（或外面）寫（或刻）；寫上姓名地址

延伸單字

	Vocabulary	中文
1	conscript	**Adj.** 被徵召的 **N.** 應徵士兵 **Vt.** 徵召
2	prescript	**N.** 命令；規定；法令 **Adj.** 規定的；【律】有時效的
3	prescription	**N.** 命令，指示；規定，法規；處方，藥方；處方上開的藥
4	subscript	**N.** 下標符號
5	transcript	**N.** 謄本；副本；成績報告單
6	superscript	**N.** 上標

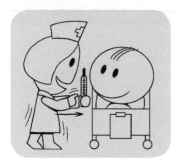

3. prescription

28

cipate 拿，取 (= to take) ♫ 034

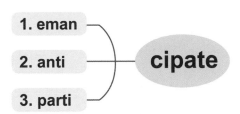

1. eman
2. anti
3. parti

cipate

1. emancipate

2. anticipate

3. participate

	Vocabulary	中文
1	emancipate	**v.** 解放；使不受束縛
2	anticipate	**v.** 預期；期望；預料；預先考慮到
3	participate	**v.** 參加；參與；分享；分擔；含有；帶有 (+ at / in) participant **N.** 參與者

103

29 test 證明，試驗 (= to witness) ♪35

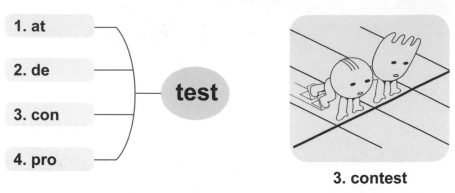

1. at
2. de
3. con
4. pro

test

3. contest

	Vocabulary	中文
1	attest	v. 證實，證明 (+ to)；作為……的證明；表明 (+ that)
2	detest	v. 厭惡，憎惡 (+ v-ing)
3	contest	N. 爭奪，競爭；競賽，比賽；爭論，爭辯
4	protest	v. 抗議，反對 (+ about / against / at)；力言，斷言，聲明 (+ that) 使旋轉；反覆思考，斟酌

延伸單字

Vocabulary	中文
testimony	N. 證詞，證言

testimony

MEMO

30

cede 割讓；交出；

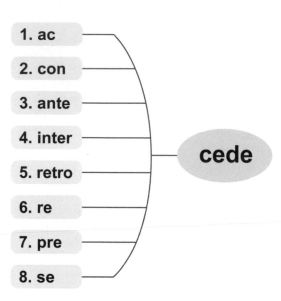

1. ac
2. con
3. ante
4. inter
5. retro
6. re
7. pre
8. se

cede

cede

1. accede

2. concede

3. antecede

4. intercede

5. retrocede

轉讓；去 (= to go) ♫ 036

6. recede

7. precede

8. secede

	Vocabulary	中文
1	accede	**v.** 答應，同意 to consent (agree)；就任；繼承；參加，加入
2	concede	**v.** 1.（勉強）承認 (+ that) 2. 讓給；給予；容許 (+ to) 3.（在結果明確前）讓步；承認失敗
3	antecede	**v.** 居前，居先；（地位上）高於，勝過，領先 **N.** 前事，前情；先行詞 (= antecedent)
4	intercede	**v.** 仲裁；説項，求情
5	retrocede	**v.** 交還；回去，退卻
6	recede	**v.** 後退；遠去；變模糊，變淡；收回，撤回 (+ from)； 降低，縮減；歸還，交還
7	precede	**v.**（順序，位置或時間上）處在……之前，（地位等）高於， 優於，在……前加上（引言）；領先，居前，領先；優先， 優先權 (+ over)；地位先後，級別高低
8	secede	**v.**（從宗教、政黨、聯盟等中）退出，脫離，分離 (+ from)

延伸單字

	Vocabulary	中文
1	antecedence	**N.** 前事，前情；先行詞 **Adj.** 在前的；在先的
2	precedent	**N.** 先例；前例；判例；慣例 **Adj.** 在前的，在先的，前面的 (+ to)
3	unprecedented	**Adj.** 無先例的；空前的，讓步的

2. precedent

MEMO

cise 切 (= to cut) ♫ 037

1. con
2. ex
3. in
4. exer
5. pre

cise

cise

1. concise

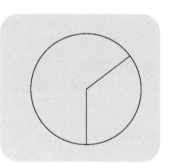

3. incise

4. exercise

5. precise

Vocabulary		中文
1	concise	Adj. 簡明的，簡潔的；簡要的
2	excise	N. 貨物稅；國內消費稅；執照稅 V. 向……徵收消費稅；割去
3	incise	V. 切，切入，切開；刻；雕
4	exercise	V. N. 運動，鍛鍊，練習；習題
5	precise	Adj. 精確的；準確的；確切的，嚴格的；細緻的

32

VOC 呼叫；聲音 (= to call, voice) ♪038

1. a
2. con
3. e
4. in
5. pro
6. re

vocation

2. convocation

5. provocation

Vocabulary	中文
vocation	**N.** 行業，職業；稟性，傾向，才能 (+ for)；神召，聖召；天職，使命
1 avocation	**N.** 副業；興趣，愛好
2 convocation	**N.** 召集；（宗教或學術上的）會議
3 evocation	**N.** 召喚，引起；招魂
4 invocation	**N.** 祈願
5 provocation	**N.** 挑釁，挑撥，激怒
6 revocation	**N.** 廢止；撤回使隱居 (+ from)

延伸單字

Vocabulary	中文
1 advocacy	**N.** 擁護；提倡
2 advocate	**V.** 擁護；提倡；主張 **N.** 提倡者，擁護者；辯護者，律師
3 provoke	**V.** 挑釁，煽動；激怒，激起
4 revoke	**V.** 撤回，撤銷，廢除，取消；有牌不跟

33 fend 打，擊 (= to strike) 🎵 039

```
1. de ─┐
        ├─  fend
2. of ─┘    fense
            fensive
```

1. defend

2. offend

Vocabulary	中文
fend	**v.** 抵擋，擊退；避開 (+ off) 供養；努力；力爭；供養，照料 (+ for)
1 defend	**v.** 防禦，保衛，保護；防守（球門）為……辯護；為（論文等）答辯 **N.** defense 防禦，保衛，防護；防禦物；防禦措施；辯護 **Adj.** defensive 防禦的，保護的，保衛的；防禦用的
2 offend	**v.** 冒犯，觸怒；傷害……的感情；使不舒服
3 offense = offence	**N.** 罪過，犯法（行為），過錯；冒犯，觸怒　進攻，攻擊 **Adj.** offensive 冒犯的，唐突的；討厭的，令人作嘔的 (+ to)

延伸單字

Vocabulary	中文
fence	**N.** 柵欄；籬笆

34

cide 切；殺 <small>(= to kill)</small> 🎵 040

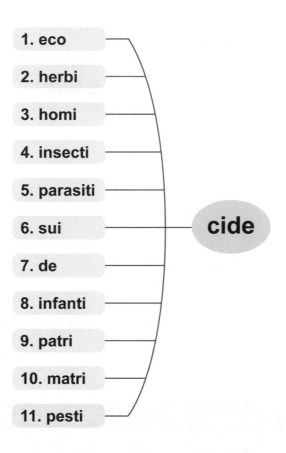

1. eco
2. herbi
3. homi
4. insecti
5. parasiti
6. sui
7. de
8. infanti
9. patri
10. matri
11. pesti

cide

	Vocabulary	中文		Vocabulary	中文
1	ecocide	N. 生態滅絕	7	decide	V. 決定；決意
2	herbicide	N. 除草劑	8	infanticide	N. 殺嬰罪
3	homicide	N. 殺人（犯）	9	patricide	N. 弒父；弒父者
4	insecticide	N. 殺蟲劑	10	matricide	N. 弒母（罪）
5	parasiticide	N. 驅蟲劑	11	pesticide	N. 殺蟲劑，農藥
6	suicide	N. V. Adj. 自殺，自殺行為			

prise 抓緊，抓住，握住

(= to seize) 🎵 041

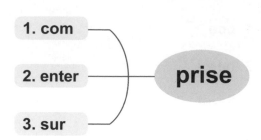

1. comprise

2. enterprise

3. surprise

	Vocabulary	中文
1	comprise	V. 包含，包括；由……組成，構成 (= contain, consist of)
2	enterprise	N. 事業；冒險精神，進取心，事業心；企業，公司
3	surprise	N. 驚奇，詫異；使人驚訝，意外的事 V. 使吃驚，使感到意外，出其不意地使（某人）做……(+ into)；突然襲擊；當場捉住

延伸單字

	Vocabulary	中文
1	imprison	**V.** 監禁，關押
2	reprisal	**N.** 報復 (= revenge)

1. imprison

2. reprisal

ovi 卵，蛋 (= egg)

♫ 042

```
          ┌─ 1. duct

          ├─ 2. ferous
   ovi ───┤
          ├─ 3. form

          └─ 4. posit
```

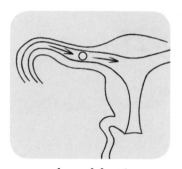

1. oviduct

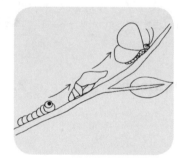

2. oviferous

	Vocabulary	中文
1	oviduct	N. 輸卵管
2	oviferous = oviparous	Adj. 產卵的
3	oviform	Adj. 卵形的
4	oviposit = ovulate	V. 排卵，產卵

MEMO

sert 結合；放置 (= to join) 043

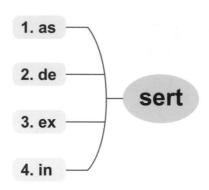

- 1. as
- 2. de
- 3. ex
- 4. in

sert

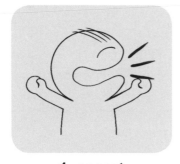

1. assert

2. desert

3. exert

	Vocabulary	中文
1	assert	v. 斷言，聲稱
2	desert	N. 沙漠；荒野 v. 遺棄，棄 Adj. 沙漠的；荒蕪的；無人居住的
3	exert	v. 用（力），盡（力）；運用，行使；發揮；施加
4	insert	v. 插入；嵌入 (+ in / into / between)

延伸單字

	Vocabulary	中文
1	concert	**N.** 音樂會
2	deserter	**N.** 背棄者，擅離職守者；逃兵
3	dessert	**N.** 甜點

3. dessert

38 volve 轉；滾動 (= to roll) ♬ 044

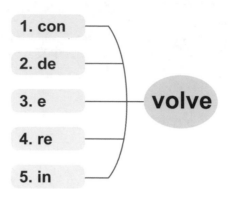

1. con ——
2. de ——
3. e —— volve
4. re ——
5. in ——

3. evolve

4. revolve

5. involve

	Vocabulary	中文
1	convolve	v. 旋繞；捲；纏
2	devolve	v. 被轉移，被移交；轉讓，被繼承 (+ on / upon)
3	evolve	v. 逐步形成；發展；進化；成長 (+ from / into)；釋放，散出；引申出，推斷出
4	revolve	v. 旋轉，自轉 (+ on)；週期性出現，循環往復；以……為中心，繞著轉；使旋轉；反覆思考，斟酌
5	involve	v. 使捲入，連累，牽涉；需要，包含，意味著；使專注，使忙於 (+ in)

延伸單字

	Vocabulary	中文
1	evolution	N. 發展，進展；進化，演化；進化論；（氣體的）放出
2	revolution	N. 革命，革命運動；革命性劇變，大變革；（天體的）運行，公轉；迴轉，旋轉；循環，週期
3	involvement	N. 連累，牽連

39 merge 下沉；合併 ♫045

(= sink)

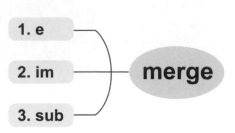

1. e
2. im
3. sub

merge

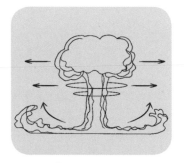

1. emerge

2. immerge

Vocabulary		中文
merge		**v.** 合併
1	emerge	**v.** 浮現；出現 (+ from / out of)；發生，顯露
2	immerge	**v.** 浸入，浸沒；隱沒；專心致志
3	submerge	**v.** 把……浸入水中，淹沒；湮沒，覆蓋；使沈淪，使落魄

延伸單字

	Vocabulary	中文
1	emergence	N. 出現
2	emergency	N. 緊急情況；突然事件；非常時刻
3	emergent	Adj. 突現的；意外的；緊急的
4	merger	N. 合併

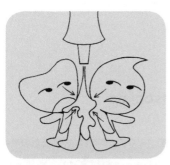

4. merger

40

soci 結合；參加 <small>(= to join)</small> ♪ 046

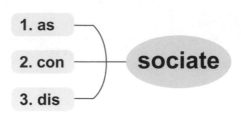

```
1. as ─┐
2. con ─┼── sociate
3. dis ─┘
```

1. associate

3. dissociate

Vocabulary		中文
1	associate	**V.** 使聯合；把……聯想起來；交往，結交合夥人，同事
		Adj. 1. 夥伴的，共事的，合夥的
		2. 副的；半正式的
		3. 有聯繫的；聯合的
		N. 夥伴，同事；朋友；合夥人；有關聯的事物
2	consociate	**N.** 聯合，組合
		V. （使）聯合，（使）結合
3	dissociate	**V.** 使分離，將……分開

延伸單字

	Vocabulary	中文
1	social	**Adj.** 社會的；社會上的；上流社會的；社交的，交際的，聯誼的；社會性的；喜歡交際的 **N.** 聯誼會，聯歡會
2	sociable	**Adj.** 善交際的
3	socialize	**V.** 社會的交際
4	society	**N.** 社會

sult 跳 (= to jump) 🎵047

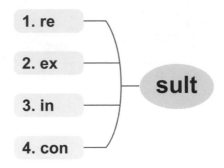

Vocabulary		中文
1	result	**N.** 結果，成果，效果 **V.** 發生，產生 (+ from)；結果；導致 (+ in)
2	exult	**V.** 狂喜；歡欣鼓舞 (+ in / at / over)
3	insult	**V.** **N.** 侮辱，羞辱；辱罵
4	consult	**Vi.** 商議，磋商 (+ with)；當顧問 (+ for) **Vt.** 與……商量，請教；查閱

延伸單字

Vocabulary		中文
1	advise	**V.** 勸告，忠告；通知，告知；建議
2	comfort	**N.** 安逸，舒適；安慰，慰問 **V.** 安慰，慰問
3	console	**N.** 操縱臺；（電腦的）操作桌；（管風琴的）演奏臺 **V.** 安慰，撫慰，慰問 (+ with)

	Vocabulary	中文
4	counsel	**N.** 商議，審議；忠告，勸告；計劃，決策；律師，辯護人 **V.** 勸告，忠告；提議 (+ on)；商議，勸告
5	exultant	**Adj.** 狂喜的
6	exultation	**N.** 狂喜
7	recommend	**V.** 1. 推薦，介紹 (+ as / for)；建議，勸告 (+ v-ing) (+ that) 2. 使成為可取，使受歡迎 (+ to)；付託，託付 (+ to)
8	resultful	**Adj.** 有結果的；有效果的
9	resultless	**Adj.** 無結果的；無效果的

tent 伸展，伸長；帳篷

(= to stretch) 🎵 048

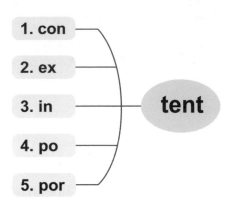

1. con
2. ex
3. in
4. po
5. por

tent

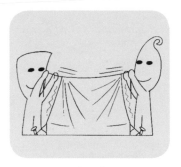

tent

1. content

2. extent

3. intent

4. potent

Vocabulary		中文
tent		V. 住帳篷；宿營；暫時居住；用帳篷遮蓋 N. 帳篷，帳棚；住處，寓所
1	content	V. 使滿足 N. 滿足；內容 Adj. 滿足的，滿意的；甘願的
2	extent	N. 廣度，寬度；長度；程度；限度；範圍
3	intent	N. 意圖，目的 (+ to-v)；意思，含義 Adj. 熱切的，切的；專心致志的；堅決要做的 (+ on / upon)
4	potent	Adj. 強有力的；有權勢的；有影響的；（藥等）有效力的，有效能的； 有說服力的；濃烈的；有性能力的 (= potential) Adj. 潛在的，可能的 N. 可能性；潛力，潛能；電勢，電位
5	portent	N. 前兆；凶兆；跡象；預視；異常的人、事、物

延伸單字

	Vocabulary	中文
1	contentment	N. 滿足，知足，滿意
2	intense	Adj. 強烈的，劇烈的
3	intension	N. 增強；加劇；強度
4	intensive	Adj. 密集的
5	intensity	N. 強度，烈度
6	portentous	Adj. 預兆的
7	potential	Adj. 潛在的，可能的 N. 可能性；潛力，潛能
8	tense	Adj. 拉緊的，繃緊的；使拉緊，使繃緊；使緊張 (+ up) V. 拉緊，繃緊；變得緊張 (+ up) N. 時態，時式

2. intense

8. tense

MEMO

43

mand 下命令 _(= to order) ♪ 049

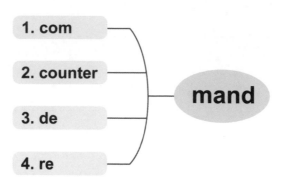

1. com
2. counter
3. de
4. re

mand

1. command

2. countermand

3. demand

4. remand

	Vocabulary	中文
1	command	**N.** 控制，控制權；指揮，指揮權；司令部，指揮部；掌握；運用能力 **V.** 命令 (+ that)；指揮，統率；控制；博得，贏得；俯瞰，俯臨；擁有，掌握
2	countermand	**V.** 取消；退回；撤回 **N.** 收回命令；取消訂單
3	demand	**N.** 要求，請求；需要，需求 (+ for) **V.** 要求，請求 (+ to-v / that / of) 需要；查問，盤詰
4	remand	**N.** **V.** 遣回，送還；還押；發回重審

延伸單字

	Vocabulary	中文
1	commander	**N.** 指揮官，司令官；海軍中校； （團體、組織的）主管人，領導人
2	mandate	**N.** 命令 **V.** 託管
3	mandatory	**Adj.** 命令的，強迫的
4	recommendation	**N.** 推薦；推薦信，介紹信；勸告，建議

1. commander

en 使……

（動詞字尾） 🎵 050

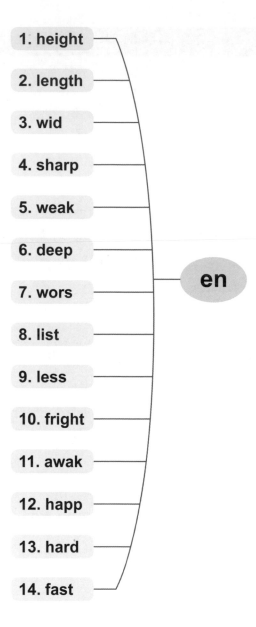

1. height
2. length
3. wid
4. sharp
5. weak
6. deep
7. wors
8. list
9. less
10. fright
11. awak
12. happ
13. hard
14. fast

en

Vocabulary		中文
1	heighten	v. 加高，增高；變高，升高；變強，變濃
2	lengthen	v. 使加長，使延長
3	widen	v. 放寬；加寬；擴大
4	sharpen	v. 1. 削尖，磨快 2. 使敏銳；使敏捷 3. 加重；加劇；使尖銳
5	weaken	v. 1. 削弱，減弱；減少 2. 變弱；變衰弱
6	deepen	v. 使變深，使加深；變強烈；變濃；使低沈
7	worsen	v. （使）更壞；（使）惡化
8	listen	v. 聽，留神聽；聽從，聽信
9	lessen	v. 變小，變少；減輕
10	frighten	v. 使驚恐，使駭怕；嚇唬……使其 (+ away / off / into)
11	awaken	v. 醒；覺醒；意識到；認識到；喚醒；使覺醒；喚起；激起； 使意識到；使認識到 (+ to)
12	happen	v. （偶然）發生；碰巧 (+ to)
13	harden	v. 使變硬；使變堅固；使變得冷酷；使麻木；變堅強
14	fasten	v. 1. 紮牢；繫緊；閂住；牢 (+ up / together) 2. 集中注意力，全神貫注 (+ on / upon) 3. 抓住；盯住不放地攻擊 (+ on / onto / upon)

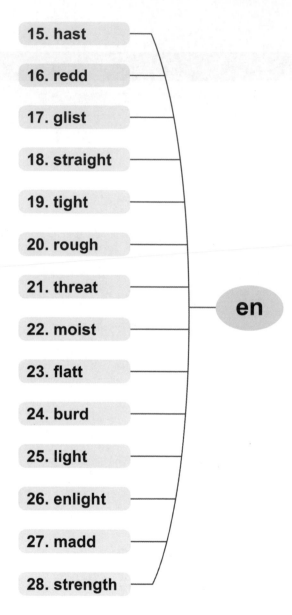

15. hast

16. redd

17. glist

18. straight

19. tight

20. rough

21. threat

22. moist

23. flatt

24. burd

25. light

26. enlight

27. madd

28. strength

en

Vocabulary		中文
15	hasten	**v.** 催促;加速;趕緊,趕快
16	redden	**v.** 變紅;臉紅
17	glisten	**v.** 閃耀;反光 (+ with)
18	straighten	**v.** 1. 把……弄直;使挺直 2. 整頓,清理;澄清 (+ out / up) 3. 變直;挺起來 (+ up);改正;好轉 (+ out / up)
19	tighten	**v.** 使變緊,使繃緊
20	roughen	**v.** (使)粗糙;(使)崎嶇不平
21	threaten	**v.** 威脅,恐嚇;揚言要 (+ with / to-v / that); 預示,是……的徵兆
22	moisten	**v.** 弄濕;使濕潤 (= moisture) **n.** 濕氣,潮氣;水分 (-ize)
23	flatten	**v.** 1. 使平坦;弄平 2. 擊倒,擊敗;摧毀;變平坦 (+ out)
24	burden	**v.** 加重壓於,加負擔於,煩擾;加負荷於,使載重 (+ with) **n.** 重負,重擔;負擔,沈重的責任
25	lighten	**v.** 變亮;發亮;使光明,照亮;使變淡;減輕(重量、負擔)
26	enlighten	**v.** 啟發,啟迪;教育,教導
27	madden	**v.** 使瘋狂;使暴怒;使激動;發瘋;暴怒
28	strengthen	**v.** 加強;增強;鞏固

logy 言論；思想；講

🎵 051

(= word, thought / to speak)

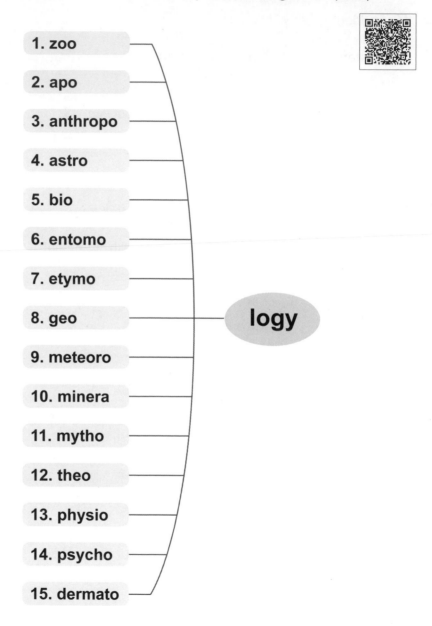

1. zoo

2. apo

3. anthropo

4. astro

5. bio

6. entomo

7. etymo

8. geo

9. meteoro

10. minera

11. mytho

12. theo

13. physio

14. psycho

15. dermato

logy

	Vocabulary	中文
1	zoology	N. 動物學
2	apology	N. 道歉;陪罪 (+ to / for);辯解,辯護 apologize V.
3	anthropology	N. 人類學
4	astrology	N. 占星術,占星學 (-ist)
5	biology	N. 生物學
6	entomology	N. 昆蟲學
7	etymology	N. 詞源學
8	geology	N. 地質學
9	meteorology	N. 氣象學
10	mineralogy	N. 礦物學
11	mythology	N. 神話（學）
12	theology	N. 神學;宗教理論,宗教體系
13	physiology	N. 生理學;生理
14	psychology	N. 心理（學）
15	dermatology	N. 皮膚醫學

late 帶 (= to bring) 🎵052

1. col
2. ab
3. di
4. e
5. de
6. ob
7. re
8. trans

late

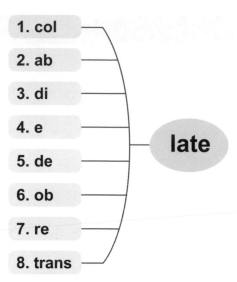

late

1. collate

2. ablate

3. dilate

4. elate

5. delate

6. oblate

7. relate

8. translate

Vocabulary		中文
late		Adj. Adv. 遲的
1	collate	v. 校對，核對；對照，整理；檢點
2	ablate	v. 切除，脫落；剝離
3	dilate	v. 擴大；膨脹，詳述；細説 (+ on / upon)
4	elate	v. 使興奮；使得意揚揚 Adj. 得意的
5	delate	v. 控告，公開 delay v. 延緩；使延期
6	oblate	Adj. （幾何）扁圓的
7	relate	v. 講，敘述 (+ to)，使有聯繫 (+ to / with)，有關，涉及，相處 (+ to)，符合 (+ with)，認同；欣賞
8	translate	v. 翻譯，轉譯 (+ from / into)，解釋，説明，表達；轉化，轉變，轉移，調動

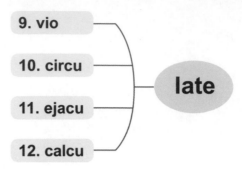

9. vio
10. circu
11. ejacu
12. calcu

late

9. violate

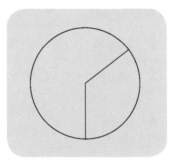

10. circulate

11. ejaculate

12. calculate

	Vocabulary	中文
9	violate	v. 違犯；違背，違反，侵犯；妨礙；擾亂，藝瀆；污損，施暴，強姦
10	circulate	v. 循環，環行，傳播，流傳；傳閱，流通；發行，銷售
11	ejaculate	v. 突然喊出，射出液體；射精
12	calculate	v. 計算，估計；預測；推測，計劃，打算；使適合（某種目的）

延伸單字

	Vocabulary	中文
1	collect	**V.** 收集
2	interpret	**V.** 口譯，解釋
3	oblong	**Adj.** **N.** 矩形，橢圓（的）
4	relative	**Adj.** 對的；比較的，與……有關係的，相關的 (+ to) **N.** 親戚，親屬
5	superlative comparative	**Adj.** **N.** 最高的程度，最高級 **Adj.** **N.** 比高級
6	ovulate	**V.** 排卵，產卵

4. relative

5. superlative

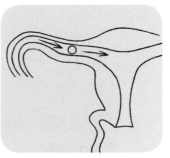

6. ovulate

her 黏附 (= stick) 🎵053

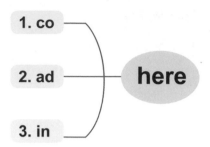

1. co
2. ad
3. in
here

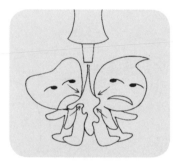

1. cohere

2. adhere

3. inhere

Vocabulary		中文
1	cohere	v. 1. 黏合，附著，凝聚 2. 一致，協調
2	adhere	v. 1. 黏附，緊黏；遵守；堅持 2. 依附；支持 (+ to)
3	inhere	v. 生來即存在（於）；本質上即屬（於）

延伸單字

	Vocabulary	中文
1	hereditary	Adj. 世襲的，傳代的；遺傳的
2	heredity	N. 遺傳
3	hesitant	Adj. 遲疑的，躊躇的
4	hesitate	V. 遲疑，猶豫
5	inherit	V. 繼承；經遺傳而獲得

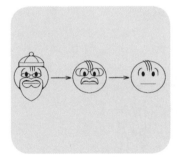

2. heredity

4. hesitate

5. inherit

48

grav 重 (= heavy) 🎵 054

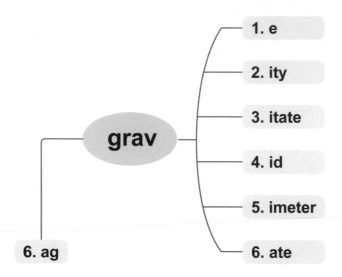

grav
1. e
2. ity
3. itate
4. id
5. imeter
6. ate

6. ag

1. grave

2. gravity

148

Vocabulary		中文
1	grave	**N.** 墓穴；埋葬處，死亡 **V.** 雕刻，銘記
2	gravity	**N.** 重力；引力；地心吸力，嚴重性；危險性；重大，嚴肅； 莊嚴；認真，低沈
3	gravitate	**V.** 受引力作用而運動；被吸引；下沈；下降
4	gravid	**Adj.** 懷孕的，妊娠的
5	gravimeter	**N.** 比重計；重力計
6	aggravate	**V.** 加重；增劇；使惡化，激怒；使惱火

延伸單字

Vocabulary		中文
1	aggrieve	**V.** 使悲痛，使受屈；（對合法權利的）侵害
2	grieve	**V.** 使悲傷，使苦惱；悲傷，哀悼 (+ for / at / over)
3	grief	**N.** 悲痛，悲傷

49 **fest** 打，擊，攻擊 (= to strike) 🎵 055

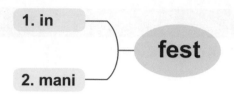

1. in
2. mani

fest

	Vocabulary	中文
1	infest	**v.** 大批出沒於；侵擾；騷擾 (+ with)；寄生於
2	manifest	**v.** 表明，顯示，表露，證明；證實
		Adj. 顯然的，明白的，清楚的
		N. 乘客名單；貨單，船貨清單

MEMO

pend 懸掛 (= to hang) ♪ 056

1. ap
2. de
3. ex
4. sus
5. com
6. im
7. per
8. s

pend

1. append

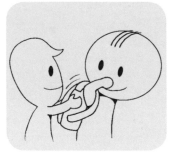

2. depend

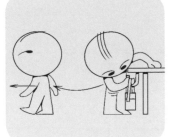

4. suspend

5. compend

6. impend

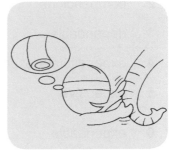

7. perpend

Vocabulary	中文
pend	**v.** 等候判定或決定
1 append	**v.** 添附；附加 (+ to)，貼上；掛上 (+ to)，簽（名），蓋（章）(+ to)
2 depend	**v.** 相信；信賴，依靠，依賴，依……而定；取決於 (+ on / upon)
3 expend	**v.** 消費，花費，耗盡，花錢（時間、精力）(+ in / on)
4 suspend	**v.** 懸掛；使中止，使飄浮，使懸浮，暫緩作出（決定等）； 暫緩執行（刑罰等），暫時取消（或擱置），吊銷，暫停經營
5 compend	**N.** 概略
6 impend	**v.** 迫近，逼近；即將發生，懸置
7 perpend	**v.** 仔細考慮 **N.** 貫石；穿牆石
8 spend	**v.** 花（錢），花費 (+ on / for)，花（時間、精力）(+ on)；度過； 用盡；（魚等）產卵 **N.** 預算

延伸單字

	Vocabulary	中文
1	appendix	**N.** 附錄，附件；闌尾，盲腸
2	compendious	**Adj.** 摘要的；簡明的
3	dependable	**Adj.** 可靠的，可信任的
4	expenditure = expense	**N.** 消費；支出
5	expensive	**Adj.** 高價的，昂貴的；花錢的
6	expendable	**Adj.** 可犧牲的 **N.** 消耗品；犧牲品
7	independence	**N.** 獨立，自主，自立
8	independent	**Adj.** 獨立的，自治的，自主的
9	interdepend	**V.** 互相依賴
10	interdependent	**Adj.** 相互依賴的；互助的
11	pendant	**N.** 吊燈；垂飾；掛件
12	perpendicular	**Adj.** 垂直的，成直角的 **N.** 垂線

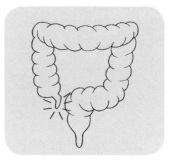

1. appendix

9. interdepend

MEMO

stant 站立 (= to stand) ♫ 057

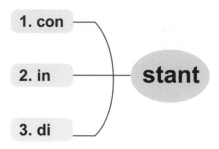

1. con ──┐
2. in ──── **stant**
3. di ──┘

1. constant

2. instant

3. distant

	Vocabulary	中文
1	constant	Adj. 1. 固定的，不變的 2. 不停的，接連不斷的，持續的 3. 忠誠的，忠貞不渝的 N. 1. 常數，衡量 2. 不變的事物
2	instant	Adj. 1. 立即的，即刻的 2. 緊迫的，迫切的，迫在眉睫的 3. 速食的，即溶的 N. 頃刻，一剎那

Vocabulary		中文
3	distant	Adj. 1. 遠的，久遠的，遠離的 2. 非近親的，遠親的 3. 冷淡的，疏遠的 4. 隱約的，模糊的

延伸單字

Vocabulary	中文
circumstance	N. 情況，環境，情勢；事件，事實；（有關）事項；境況，境遇； 經濟狀況

circumstance

dicate 發表宣言；

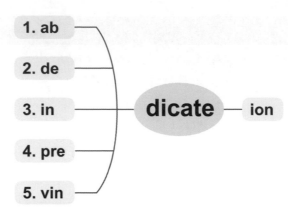

1. ab
2. de
3. in — **dicate** — ion
4. pre
5. vin

1. abdicate

2. dedicate

3. indicate

4. predicate

5. vindicate

措詞，用語 (= to proclaim) ♫ 058

	Vocabulary	中文
1	abdicate	**v.** 卸退（王位、權利）；放棄
2	dedicate	**v.** 奉獻（生涯、事件）；致力；貢獻
3	indicate	**v.** 指；顯示；徵兆
4	predicate	**v.** 斷言；意味
5	vindicate	**v.** 主張；證明；辯護

延伸單字

	Vocabulary	中文
1	abdication	**N.** 拋棄；棄權；退位
2	dedication	**N.** 獻身；專心；貢獻
3	indication	**N.** 指示；暗示；徵兆
4	predication	**N.** 斷言；斷定；敘述
5	vindication	**N.** 辯護；辨明；證明

mot 移動 (= to move) ♪ 059

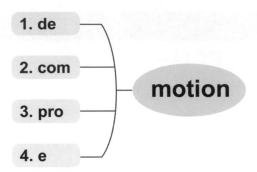

1. de
2. com
3. pro
4. e

motion

1. demotion

2. commotion

3. promotion

4. emotion

Vocabulary	中文
motion	N. （物體的）運動，移動；（天體的）運行；動作，姿態；手勢，眼色；動機，意向；高低旋律的變化；裝置，運轉；（訴訟人向法院提出的）請求，申請 V. 打手勢；搖（或點）頭示意 (+ to / at)
1 demotion	N. 降級
2 commotion	N. 騷動，喧鬧，動亂；暴動；起義，激動
3 promotion	N. 提升，晉級 促進，增進；發揚；提倡 (+ of) 發起，創建 促銷，推銷
4 emotion	N. 感情，情感

延伸單字

Vocabulary	中文
1 motive	N. 動機
2 motivate	V. 刺激；激發
3 remote	Adj. 遙遠的；冷淡的 remote control 遙控器

diction 發表宣言；

1. ad
2. bene
3. male
4. contra
5. inter
6. pre
7. vale
8. juris

diction

1. addiction

5. interdiction

6. prediction

8. jurisdiction

措詞，用語 (= to proclaim) 🎵060

Vocabulary		中文
diction		N. 措詞，用語；發音；發音法
1	addiction	N. 沈溺，成癮，上癮，入迷
2	benediction	N. 祝福，祝願；賜福祈禱；恩賜；幸事
3	malediction	N. 詛咒；壞話；憎惡
4	contradiction	N. 矛盾；否認；反駁；抵觸
5	interdiction	N. 禁止，制止；封鎖
6	prediction	N. 預言；預報
7	valediction	N. 告別；告別辭
8	jurisdiction	N. 司法；司法權，審判權，裁判權；權力；管轄權

延伸單字

Vocabulary		中文
1.	malefaction	N. 罪行；壞事
2.	malfunction	V. 發生故障；機能失常 N. 機能不全；故障；疾病

stinct 刺 (= to stick / prick) 🎵 061

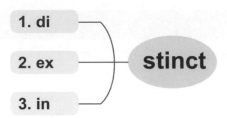

- 1. di
- 2. ex
- 3. in

stinct

1. distinct

	Vocabulary	中文
1	distinct	Adj. 與其他不同的，有區別的 (+ from)；明顯的，清楚的，確定無誤的；難得的
2	extinct	Adj. 熄滅了的，消亡了的，破滅了的；絕種的，滅絕的
3	instinct	N. 本能，天性 (+ to-v)；直覺

延伸單字

	Vocabulary	中文
1	distinguish	V. 區別，識別 (+ from) (+ between)；使傑出；使顯出特色
2	fire extinguisher	N. 滅火器

MEMO

cession 走；讓 ♫ 062

(= to go, yield)

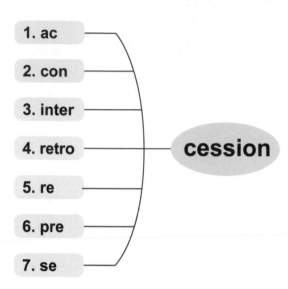

1. ac
2. con
3. inter
4. retro
5. re
6. pre
7. se

cession

cession

1. accession

2. concession

3. intercession

4. retrocession

5. recession

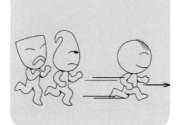

6. precession

7. secession

Vocabulary		中文
cession		N. 領土的割讓；轉讓
1	accession	N. 1. 就職；登基；（權力等的）獲得 2. 同意；加盟 3. 增加；增加物 (= succession, assumption, agreement)
2	concession	N. 讓步；讓予，給予；承認，認可；特許，特許權，專利權；租界
3	intercession	N. 仲裁；說項，求情；祈求
4	retrocession	N. 交還；後退
5	recession	N. 後退；退回；凹處；（經濟的）衰退；衰退期
6	precession	N. 先行；領先
7	secession	N. 退出，脫離，分離 (+ from)

gen / gener 產生

 063

(= to produce)

gen

1. ital
2. ius
3. uine
4. ocide
5. tle
6. us
7. der

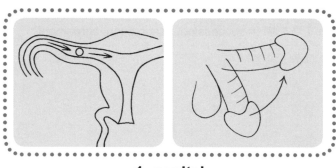

1. genital

2. genius

5. gentle

Vocabulary	中文
1 genital	Adj. 生殖的；生殖器的 N. 生殖器
2 genius	N. 天資，天賦，才華；創造力；天才，英才；特質；精神
3 genuine	Adj. 真的，非偽造的，名副其實的；真誠的，不造作的，由衷的；純血統的
4 genocide	N. 種族滅絕；集體屠殺
5 gentle	Adj. 溫和的，和善的，仁慈的；輕柔的，和緩的；有教養的，文靜的
6 genus	N. 類，種類
7 gender	N. 性別

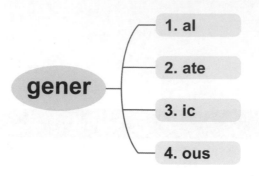

gener
1. al
2. ate
3. ic
4. ous

1. general

2. generate

4. generous

Vocabulary		中文
1.	general	**Adj.** 一般的，普遍的；非專業性的；大體的，籠統的；全體的；公眾的；首席的，總的 **N.** 將軍；上將；一般
2	generate	**V.** 產生，發生；造成，引起
3	generic	**Adj.** 一般的，總稱的；非商標的 **N.** 通稱
4	generous	**Adj.** 慷慨的，大方的 (+ with / in / to)；寬宏大量的，寬厚的 (+ to / towards)；大量的；豐富的；豐盛的；肥沃的

MEMO

58

plete 增補，補充 (= fill)

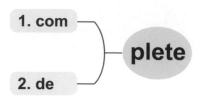

1. com ──┐
          ├── **plete**
2. de ───┘

1. complete

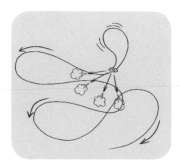

2. deplete

	Vocabulary	中文
1	complete	Adj. 完整的，全部的；完成的，結束的；徹底的；完美的 v. 使齊全，使完整；完成，結束
2	deplete	v. 用盡；使減少 耗盡……的資源（精力等）；使空虛 (+ of)

ceed 走 (= go)

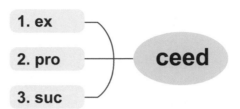

1. ex ─┐
2. pro ─┼─ ceed
3. suc ─┘

1. exceed

2. proceed

3. succeed

	Vocabulary	中文
1	exceed	v. 超過，勝過
2	proceed	v. 開始，進行
3	succeed	v. 成功；繼承

claim 叫 (= cry) 🎵 066

1. ac
2. de
3. dis
4. ex
5. pro
6. re

claim

claim / 2. declaim / 5. proclaim

1. acclaim

6. reclaim

Vocabulary		中文
claim		V. 聲稱，要求 N. 權利，主張
1	acclaim	V. 歡呼，喝采
2	declaim	V. 朗誦
3	disclaim	V. 放棄，否認
4	exclaim	V. 呼喊，驚叫
5	proclaim	V. 宣告，聲明
6	reclaim	V. 改過，糾正 Vt. 使改過；使悔改；教化 (+ from)，開墾；開拓 (+ from)，回收利用 (+ from)；要求收回，要求恢復；試圖取回 N. 改造，感化 Adj. (-able) 可收回的

延伸單字

Vocabulary	中文
reclamation	N. 開墾，開拓；改造，感化；回收利用，再造，再生

61

scend 爬，攀登

(= to climb)

♪ 067

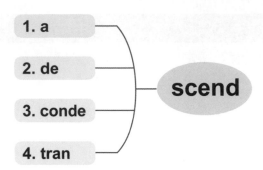

1. a ―
2. de ―
3. conde ― **scend**
4. tran ―

1. ascend

2. descend

4. transcend

	Vocabulary	中文
1	ascend	v. 登高，上升
2	descend	v. 下來，下降
3	condescend	v. 不擺架子，屈尊 condescending Adj. 高傲的
4	transcend	v. 超越，優於

fic 做 (= do) ♫ 068

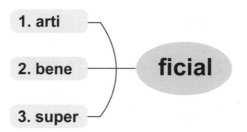

1. arti
2. bene
3. super

ficial

1. artificial

2. beneficial

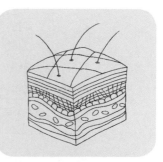

3. superficial

	Vocabulary	中文
1	artificial	Adj. 人工的，人造的，人為的
2	beneficial	Adj. 有利的，有益的
3	superficial	Adj. 表面的，外表的，膚淺的

front 前方

 🎵 069

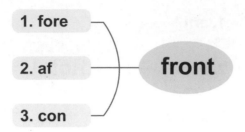

1. fore ─┐
2. af ──── **front**
3. con ─┘

1. forefront

3. confront

Vocabulary		中文
	front	Adj. 前面的 V. 面對，對立 N. 前面，前方，正面；外表
1	forefront	N. 最前面，先頭，（活動的）中心
2	affront	N. 公開侮辱 V. （公開的）侮辱，冒犯
3	confront	V. 面對；對抗

延伸單字

	Vocabulary	中文
1	confrontation	N. （法庭的）對質；對抗
2	frontier	N. 國境，邊境 Adj. 國境的；最尖端的

gress 去,走 (= to go) 🎵 070

1. retro
2. ag
3. in
4. con
5. di
6. re
7. e
8. pro
9. trans

gress

1. retrogress

2. aggress

	Vocabulary	中文
1	retrogress	V. 倒退
2	aggress	V. 挑釁
3	ingress	N. 進入；入口
4	congress	N. 會議，代表大會
5	digress	V. 走向岔道；偏離主題
6	regress	V. 退回；逆行
7	egress	N. 外出
8	progress	V. N. 進步
9	transgress	V. 違反；侵犯

延伸單字

Vocabulary	中文
congressman	N. 美國國會議員

jure 發誓 (= to swear) ♫071

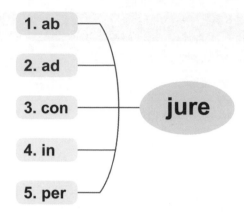

	Vocabulary	中文
1	abjure	v. 公開放棄（主張、信仰、權利）
2	adjure	v. 嚴命；懇請 (= entreat, beseech)
3	conjure	v. 變魔術
4	injure	v. 傷害；損害（感情、名聲）
5	perjure	v. 作偽證 (= forswear)

延伸單字

	Vocabulary	中文
1	perjury	N. 【律】偽證；偽證罪；背信棄義；謊言
2	injury	N. 損傷，損害

lig 選擇 (= to choose) ♫072

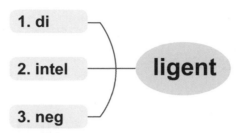

1. di
2. intel
3. neg

ligent

1. diligent   **2. intelligent**   **3. negligent**

	Vocabulary	中文
1	diligent	Adj. 勤勉的，勤勞的，用功的
2	intelligent	Adj. 明智的，聰明的，理性的
3	negligent	Adj. 疏忽的，懶惰的

part 使分開，使分離 🎵073

(= to part)

1. a

2. com

3. de

4. im

5. dis

6. counter

part

part

1. apart

2. compart

3. depart

5. impart

6. counterpart

Vocabulary		中文
part		**V.** 使分開，使分離 **N.** 部分
1	apart	**Adj.** 分開；另外；成碎片；個別地
2	compart	**V.** 分割，隔離，分隔 (= partition)
3	depart	**V.** 離開
4	impart	**V.** 分給
5	dispart	**V.** 使分離；離開；出發；去世 (= die)
6	counterpart	**N.** 副本；對方

延伸單字

	Vocabulary	中文
1	apartment	**N.** 公寓房間
2	department	**N.** 1.（企業的）部；司；局；處；科 2. 部門，（大學的）系，知識範圍；活動領域 department store **N.** 百貨公司
3	impartible	**Adj.** 不可分的

4	impartial	Adj. 公平
5	partial	Adj. 部分的
6	particle	N. 分子
7	partible	Adj. 可分的
8	participate	V. 參與，分享
9	compartment	N. 劃分
10	compartmental	Adj. 分為若干部分的

4. impartial

5. partial

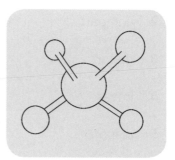
6. particle

8. participate

68 flect 折彎 (= to bend) 074

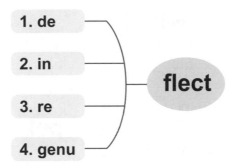

1. de
2. in
3. re
4. genu
flect

	Vocabulary	中文
1	deflect	v. 偏斜；偏轉
2	inflect	v. （向裡）彎曲；（音調）調整；（字尾）變化
3	reflect	v. 反射；反映；沉思 (= ponder)
4	genuflect	v. 屈膝；屈服

延伸單字

	Vocabulary	中文
1	flexibility	N. 彈性
2	flexible	Adj. 彈性的
3	inflexibility	N. 頑固
4	inflexible	Adj. 不屈不撓，不可彎曲的；剛硬的，不可改變的，不容變更的

pel 驅使，推動 (= drive) 🎵075

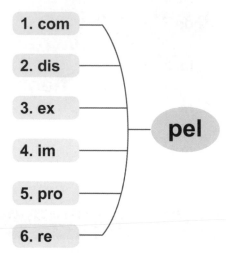

1. com
2. dis
3. ex
4. im
5. pro
6. re

pel

1. compel

2. dispel

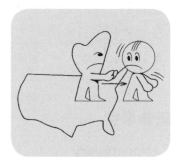

3. expel

5. propel

6. repel

Vocabulary		中文
1	compel	Vt. 強迫
2	dispel	Vt. 驅散；消除（煩惱）
3	expel	Vt. 驅逐 (+ from)；排出；開除
4	impel	Vt. 推進，推動，激勵，驅使；迫使
5	propel	Vt. 推進，驅策，激勵
6	repel	Vt. 排斥；使人厭惡；抵抗

延伸單字

Vocabulary		中文
1	compelling	Adj. 強制的；令人注目的；令人感嘆的；令人信服的
2	repellent	Adj. 擊退的；驅除的；抵禦的；排斥的；令人厭惡的；令人反感的 (+ to)；防水的

sent 感覺 (= feeling) 🎵 076

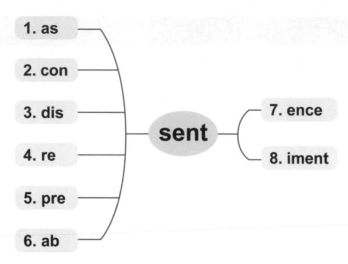

1. as
2. con
3. dis
4. re
5. pre
6. ab

sent

7. ence
8. iment

1. assent

5. present

6. absent

7. sentence

	Vocabulary	中文
1	assent	**V.** **N.** 同意，贊成
2	consent	**V.** 同意，贊成，答應
3	dissent	**V.** 不同意
4	resent	**V.** 憤慨，怨恨
5	present	**V.** 出席，出面，呈獻 **N.** 禮物，贈品 **Adj.** 出席的，在場的
6	absent	**V.** 缺席 **Adj.** 缺席的，不在場的
7	sentence	**V.** 宣判 **N.** 句子
8	sentiment	**N.** 感情，心情

延伸單字

Vocabulary	中文
sentimental	**Adj.** 多情的；感情用事的；情感上的；感傷的；多愁善感的

verse 旋轉 (= turn) 🎵 077

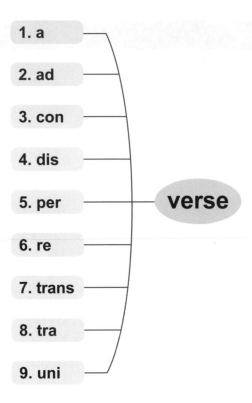

1. a
2. ad
3. con
4. dis
5. per
6. re
7. trans
8. tra
9. uni

verse

1. averse **2. adverse** **3. converse**

7. transverse

9. universe

	Vocabulary	中文
1	averse	Adj. 討厭的
2	adverse	Adj. 反對的
3	converse	Adj. 相反的 V. N. 交談，談話 (+ with / on / about)
4	diverse	Adj. 不同的
5	perverse	Adj. 固執的；錯誤的；乖張的
6	reverse	Adj. 相反的
7	transverse	Adj. 橫穿的，橫切的
8	traverse	N. 橫切
9	universe	N. 宇宙

延伸單字

Vocabulary	中文
conversation	N. 會話，談話；非正式會談 (+ with)；談話技巧，談吐

vis 看 (= to see) 🎵 078

1. pre
2. super
3. ad
4. de
5. re
6. impro

vise

1. previse

2. supervise

3. advise

4. devise

5. revise

	Vocabulary	中文
1	previse	v. 預知，預言
2	supervise	v. 監督，管理
3	advise	v. 忠告，建議
4	devise	v. 設計；發明
5	revise	v. 修訂，校訂
6	improvise	v. 臨時準備

延伸單字

Vocabulary	中文
supervisor	N. 監督人；管理人；指導者

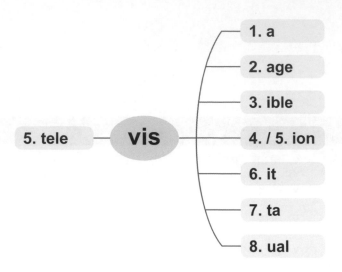

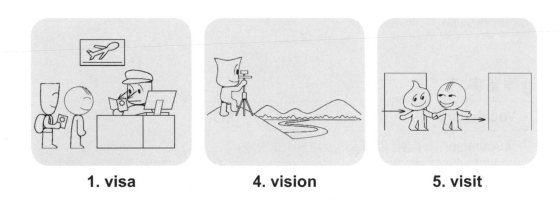

1. visa   **4. vision**   **5. visit**

	Vocabulary	中文
1	visa	N. 簽證
2	visage	N. 外觀，容貌
3	visible	Adj. 可見的，顯而易見的
4	vision	N. 視力；美景；幻想
5	television	N. 電視
6	visit	V.　N. 訪問，參觀
7	vista	N. 遠景，展望
8	visual	Adj. 視覺的，可見的

MEMO

struct 建設 (= to build) 🎵 079

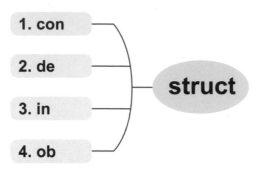

- 1. con
- 2. de
- 3. in
- 4. ob

struct

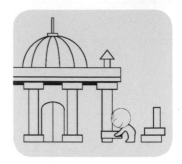

1. construct

2. destruct

3. instruct

4. obstruct

	Vocabulary	中文
1	construct	v. 建造，構成 (+ from / of / out of)；創立（學說等）；構（詞）；造（句）；製造，編造 N. 構思的結果，構想；概念
2	destruct	Adj. 破壞的
3	instruct	v. 指示，命令，吩咐；教授；訓練；指導 (+ in)；通知，告知
4	obstruct	v. 阻塞，堵塞；妨礙，阻擾，阻止；擋住（視線），遮住

74 pass 感覺，感受 (= feeling) ♫ 080

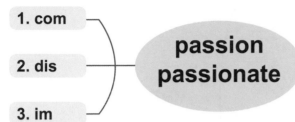

1. com
2. dis
3. im

passion
passionate

passion

1. compassion

2. dispassion

3. impassion

Vocabulary		中文
passion		**N.** 熱情，激情；盛怒，忿怒 the Passion 耶穌受難記
passionate		**Adj.** 熱情的；熱烈的，激昂的；易怒的，性情暴躁的
1	compassion	**N.** 憐憫，同情 (+ for / on)
2	dispassion	**N.** 不動感情；客觀
3	impassion	**V.** 激起⋯⋯的熱情；使激動
4	compassionate	**Adj.** 有同情心的，憐憫的，慈悲的 (+ toward)

vent 走；來；到

(= to come, to arrive)

♫ 081

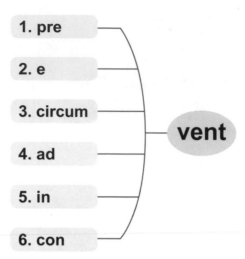

1. pre
2. e
3. circum
4. ad
5. in
6. con

vent

1. prevent

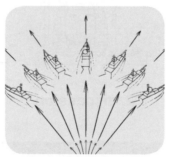

2. event

5. invent

Vocabulary	中文
vent	**v.** 洩露；發洩感情；放出、排出（煙、水等）；給……開孔；給……一個出口；（通過排放而）減輕壓力 **N.** 出口；出路；漏孔；通風孔，排氣孔
1 prevent	**v.** 防止，預防；阻止；制止；妨礙 (+ from)
2 event	**N.** 事件，大事，項目，後果，結果
3 circumvent	**v.** 以智取勝；規避；防止……發生；環繞；包圍；使落入圈套；陷害；繞行
4 advent	**N.** 出現；到來；基督降臨；降臨節
5 invent	**v.** 發明，創造；捏造，虛構
6 convent	**N.** 修女團；女修道院

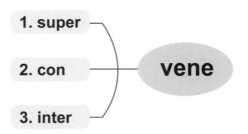

Vocabulary	中文
1 supervene	**v.** 接著引起；隨後發生；意外發生，附帶發生（事件）
2 convene	**v.** 集會；聚集；召集（會議）；傳喚……出庭受審，傳票
3 intervene	**v.** 插進；介入，介於中間；干涉，干預；調停 (+ in / between)；干擾，阻擾，打擾

延伸單字

	Vocabulary	中文
1	adventure = venture	**N.** **V.** 冒險
2	convenient	**Adj.** 合宜的；方便的；便利的 (+ for / to)
3	convention	**N.** 會議，大會；全體與會者；召集，集合；公約，協定；慣例，習俗；常規
4	eventually	**Adv.** 最後
5	intervention	**N.** 干涉，調停
6	inventory	**N.** 存貨清單，存貨盤存（報表），財產目錄；清單上開列的貨品，存貨；詳細目錄（或記載）

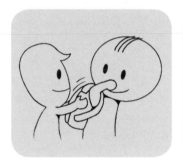

1. adventure

2. convenient

76 **stant** 站立；建立 (= to stand) 🎵082

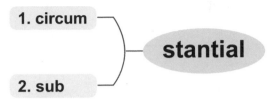

1. circum —┐
               ├— **stantial**
2. sub —┘

1. circumstantial

2. substantial

	Vocabulary	中文
1	circumstantial	**Adj.** 與情況有關的；依情況而定的；非主要的；偶然的；詳盡的，詳細的
2	substantial	**Adj.** 真實的，實在的；堅固的，結實的；多的；大的；大量的；豐盛的；內容充實的，有價值的，重要的；富裕的，殷實的；基本上的，大體上的 **N.** 實在的東西；重要的東西

ply 層 (= to fold) ♫083

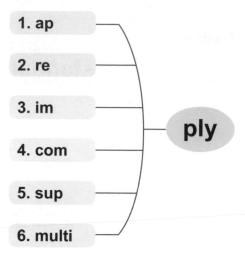

1. ap
2. re
3. im
4. com
5. sup
6. multi

ply

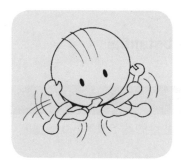

1. apply

2. reply

4. comply

5. supply

6. multiply

Vocabulary		中文
1	apply	**v.** 塗，敷；將……鋪在表面；應用；實施；使起作用；使適用 (+ to)；申請，請求；適用；有關係，相關聯
2	reply	**v.** **N.** 回答，答覆 (+ to)；反響，回應
3	imply	**v.** 暗指，暗示；意味著 (+ that)；必然；包含；必需
4	comply	**v.** （對要求、命令等）依從，順從，遵從 (+ with)
5	supply	**v.** 供給，供應，提供 (+ to / for / with)；補充；滿足 **N.** 供給，供應；供應量；供應品；庫存（貨）；生活用品；補給品；軍糧；支出；生活費
6	multiply	**v.** 乘，使相乘 (+ by / together)；使（成倍地）增加；使繁殖；做乘法

延伸單字

	Vocabulary	中文
1	application	**N.** 應用，適用；運用；申請，請求；申請書
2	implication	**N.** 牽連；涉及；捲入；含意；言外之意；暗示
3	multiplication	**N.** 增加；增殖，繁殖；乘法；乘法運算
4	applicant	**N.** 申請人

78

pathy 感覺，感受

♬084

(= feeling)

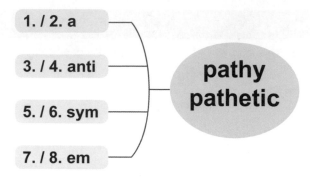

| 1. / 2. a |
| 3. / 4. anti |
| 5. / 6. sym |
| 7. / 8. em |

**pathy
pathetic**

1. apathy

3. antipathy

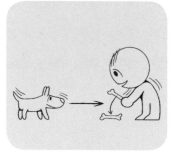

5. sympathy

7. empathy

Vocabulary	中文
pathetic	Adj. 引起憐憫的；可憐的；可悲的；不足的；微弱的；可憐兮兮的
1 apathy	N. 無感情；無興趣，冷淡，漠不關心 (+ towards)
2 apathetic	Adj. 冷淡的；無感情的；無動於衷的
3 antipathy	N. 反感，厭惡 (+ to / towards / against / for)；引起反感的事物；憎惡的對象
4 antipathetic	Adj. 生來嫌惡的，格格不入的，懷有反感的；引起反感（或厭惡）的
5 sympathy	N. 同情，同情心 (+ for / with)；一致，同感；贊同；慰問；弔唁 (= condolence)；（病症的）交感，共感
6 sympathetic	Adj. 同情的；有同情心的；贊同的，支持的 (+ to / towards)；合意的；和諧的
7 empathy	N. 同理心
8 empathetic	Adj. 移情作用的

cess 走 (= going) ♪ 085

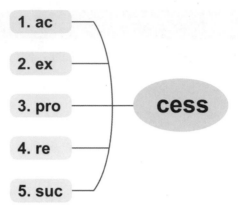

1. ac
2. ex
3. pro
4. re
5. suc

cess

cessation

1. access

2. excess

3. process

4. recess

5. success

Vocabulary		中文
cess		N. 地方稅；租稅；水槽；運氣
cessation		N. 停止
1	access	N. 接近，進入；接近的機會，進入的權利；使用； 通道，入口，門路 (+ to)；存取；取出 V. 取出（資料）；使用；接近
2	excess	N. 超越，超過；超額量；過量，過剩；過度，無節制； 過分的行為；暴行 Adj. 過量的；額外的；附加的
3	process	N. 過程，進程；步驟；程序；工序；製作法 Adj. 經過特殊加工的；處理過的 V. 加工；處理，辦理；用電腦處理；對⋯⋯起訴；對⋯⋯發出傳票
4	recess	N. 休息；休會；休庭；（山脈、牆壁等的）凹處；壁龕； 深處，幽深處，隱蔽處 V. 把⋯⋯放在隱蔽處；休息；休假；休會；休庭 economic recession 衰退；衰退期
5	success	N. 成功，成就；勝利；成功的事；取得成就的人

延伸單字

Vocabulary		中文
1	accessary	**N.** 幫兇 **Adj.** 附帶的，附屬的
2	accessory	**N.** 附件；幫兇；合伙人
3	accession	**N.** 即位
4	excessive	**Adj.** 過度的
5	processor	**N.** 加工器，處理器
6	incessant	**Adj.** 不停的，不斷的

1. accessary
2. accessory

3. accession

5. processor

6. incessant

80 tribute 拿給，給予

(= to give) ♫ 086

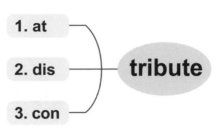

1. at
2. dis
3. con
tribute

2. distribute

3. contribute

Vocabulary		中文
tribute		**N.** 進貢；貢物，貢金；敬意，尊崇，稱頌；禮物，貢獻；明證 (+ to)；勒索的錢財
1	attribute	**V.** 把……歸因於，把……歸咎於 (+ to)；認為……是某人所有，認為……是某人所做 **N.** 屬性；特性，特質
2	distribute	**V.** 分發；分配 (+ to / among)；散佈，分佈 (+ over)；把……分類；分，分開 (+ into)
3	contribute	**V.** 捐（款），捐獻，捐助；貢獻，提供，出力 (+ to / towards)；投（稿）(+ to)

ficient 製造，做 ♫ 087

(= to make)

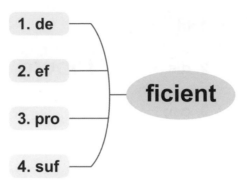

1. de

2. ef

3. pro

4. suf

ficient

1. deficient

2. efficient

3. proficient

4. sufficient

Vocabulary		中文
1	deficient	**Adj.** 有缺陷的，有缺點的，不足的，缺乏的 (+in)
2	efficient	**Adj.** 效率高的；有能力的，能勝任的 (+ in)；生效的；有效的
3	proficient	**Adj.** 精通的，熟練的 (+ at / in) **N.** 能手，專家 (+ in)
4	sufficient	**Adj.** 足夠的，充分的 (+ for)；能勝任的，有充分能力的 (+ for) **N.** 足量，充足

tend 伸展，伸長

♪ 088

(= to stretch)

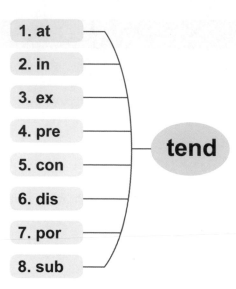

1. at
2. in
3. ex
4. pre
5. con
6. dis
7. por
8. sub

tend

tend

1. attend

2. intend

3. extend

4. pretend

5. contend

6. distend

Vocabulary		中文
tend		**v.** 走向；趨向，傾向；易於 (+ to / towards)；有助於；照管，照料；護理；管理
1	attend	**v.** 出席，參加 (+ at)；前往；照料；護理；侍候 (+ on / upon)；伴隨，帶有；陪同，護送；處理 (+ to)；注意，傾聽；致力（於）(+ to)
2	intend	**v.** 想要；打算 (+ to-v / v-ing)
3	extend	**v.** 延長，延伸；擴大，擴展；伸，伸出；致；給予，提供 (+ to)
4	pretend	**v.** 佯裝；假裝 (+ that / to-v)；自封，自稱 **Adj.** 假裝的；假想的
5	contend	**v.** 爭奪，競爭 (+ against / for / with)；全力對付；搏鬥；奮鬥；爭論，辯論；為……鬥爭（或競爭、爭論）；堅決主張，聲稱 (+ that)
6	distend	**v.** 膨脹；擴張
7	portend	**v.** 預示，預先警告；表示，意味著
8	subtend	**v.** （弦、邊）對（弧、角）

延伸單字

	Vocabulary	中文
1	attendance	N. 到場，出席
2	attendant	N. 服務員 Adj. 侍候的
3	contentious	Adj. 有異議的
4	distensible	Adj. 可膨脹的；可擴張的
5	distension = distention	N. 膨脹；擴張
6	extensible	Adj. 可延長的；可擴張的
7	extension	N. 伸長；擴大；延期；分機
8	extensive	Adj. 廣大的；大規模的；大量的
9	intension	N. 增強；加劇；強度，烈度；決心
10	pretentious	Adj. 做作的；自負的
11	superintend	V. 監督，主管，指揮
12	superintendent	N. 監督人，監管者
13	tender	Adj. 嫩的；柔軟的，敏感的，一觸就痛的，溫柔的，體貼的 (+ towards)，微妙的，棘手的，脆弱的，柔弱的 V. 變柔軟；變脆弱
14	tendon	N. 腱

2. attendant

6. extensible

9. intension

11. superintend

13. tender

14.tendon

83

log 文字；話；記錄

🎵089

(= word)

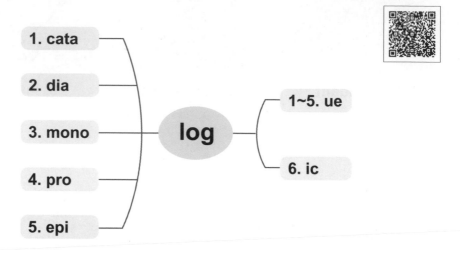

	Vocabulary	中文
1	catalogue	N. 目錄 Vt. 登記 (= to describe things)
2	dialogue	N. 對話，對白
3	monologue	N. 獨白
4	prologue	N. 開場白，序言
5	epilogue	N. 結語，收場白
6	logic	N. 邏輯，推理 Adj. (-al)

84

strict 拉緊 (= to draw tight) ♫ 090

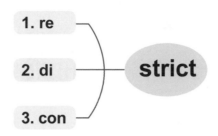

1. re —
2. di — strict
3. con —

Vocabulary	中文
strict	Adj. 嚴格的；嚴厲的 (+ with)；嚴謹的，精確的；完全的，絕對的；周密的，詳細的
1 restrict	v. 限制；限定；約束 (+ to / within)
2 district	N. 區，轄區，行政區；地區，區域，地帶
3 constrict	v. 壓縮；束緊

延伸單字

	Vocabulary	中文
1	constrictor	N. 括約肌
2	restrictive	Adj. 限制的；約束的
3	strictness	N. 嚴格；嚴謹
4	stricture	N. 苛評；非難，狹窄部位

85

hibit 握住，擁有

(= to hold / to have)

♪ 091

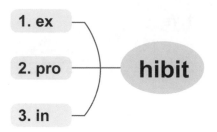

- 1. ex
- 2. pro
- 3. in

hibit

1. exhibit

2. prohibit

3. inhibit

	Vocabulary	中文
1	exhibit	N. 展示品，陳列品；證據，證件，物證 V. 展示，陳列；表示，顯出；提出（證據、證件、物證）；用（藥），給（藥）
2	prohibit	V. （以法令、規定等）禁止 (+ from)；妨礙，阻止；使不可能 (+ from / v-ing)
3	inhibit	V. 禁止；約束；抑制
4	exhibitionism	N. 表現主義；裸露癖

延伸單字

	Vocabulary	中文
1	exhibitioner	N. 展出者;參展者
2	exhibitionist	N. 好表現者,暴露狂
3	prohibitive = prohibitory	Adj. 禁止的,禁止性的

2. exhibitionist

sign 做記號；標誌；

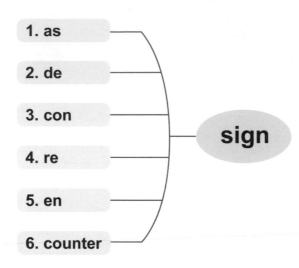

1. as
2. de
3. con
4. re
5. en
6. counter

sign

sign

1. assign

2. design

3. consign

4. resign

寫，簽 (= to mark) 🎵 092

Vocabulary		中文
sign	V.	簽（名）；寫下；簽約雇用；做手勢示意
	N.	記號，符號；標誌；招牌；標牌；手勢；暗號；表示；徵象；前兆
1 assign	V.	分配，分派；派定，指定，選派；讓渡；把……歸於；（律）受讓人
2 design	V.	設計；構思；繪製；打算將……用作；計劃；謀劃
	N.	圖樣，圖紙；設計術；製圖術；圖謀；意圖；計劃；目的
3 consign	V.	把……交付給；把……委託給；發送（商品）；託運；寄存；放逐
4 resign	V.	放棄，辭去；把……託交給，委託 (+ to / into)；使聽從，使順從；辭職 (+ from)
5 ensign	N.	旗；軍旗；海軍少尉
6 countersign	N.	口令；暗號；副署，連署
	V.	副署；確認；同意

延伸單字

	Vocabulary		中文
1	assigner / ee	N.	分配人；指定人 / 受讓人；受託人；財產保管人
2	assignment	N.	（分派的）任務；工作；作業，功課
3	consignation = consignment	N.	委託；託付物
4	countersignature	N.	連署
5	resignation	N.	辭呈
6	signature	N.	簽名

itude 情況，狀態

♫093

1. alt
2. grat
3. att
4. long
5. lat
6. sol
7. apt
8. fort
9. mult
10. magn
11. cert
12. rect
13. correct
14. sanct
15. fin
16. infin
17. defin

itude

1. altitude

10. magnitude

12. rectitude

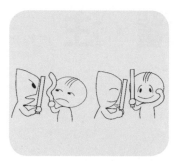

13. correctitude

14. sanctitude

	Vocabulary	中文
1	altitude	N. 高，高度；海拔；高處，高地
2	gratitude	N. 感激之情，感恩，感謝 (+ to / for)
3	attitude	N. 態度，意見，看法 (+ about / to / toward)
4	longitude	N. 經度
5	latitude	N. 緯度；（言語、行動等的）迴旋餘地，自由
6	solitude	N. 孤獨；寂寞；隱居，冷僻（處）；荒涼（之地）
7	aptitude	N. 傾向，習性；天資，才能；穎悟；恰當；適宜
8	fortitude	N. 堅忍；剛毅
9	multitude	N. 許多，一大群人，大眾，民眾
10	magnitude	N. 巨大，廣大；重大，重要；量；大小；強度；音量
11	certitude	N. 確實；確信
12	rectitude	N. 正直；公正；正確
13	correctitude	N. （品行等之）端正；得體；合適
14	sanctitude	N. 神聖
15	finitude	N. 有限
16	infinitude	N. 無限
17	definitude	N. 明確

fuse 倒，灌，注 (= to pour) 🎵 094

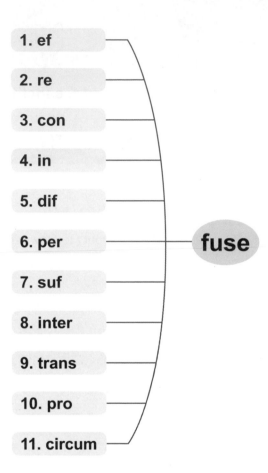

1. ef
2. re
3. con
4. in
5. dif
6. per
7. suf
8. inter
9. trans
10. pro
11. circum

fuse

1. effuse

2. refuse

3. confuse

4. infuse　　**5. diffuse / 6. perfuse**　　**9. transfuse**
7. suffuse

	Vocabulary	中文
	fuse	**N.** 保險絲，熔線；導火線，導火索 **V.** 把保險絲接入（電路）；使（電器等）保險絲燒壞；熔化；熔合；混合；熔接
1	effuse	**V.** 瀉出；散發；流出
2	refuse	**V.** 拒絕；拒受；拒給；不准，拒不，不肯，不願
3	confuse	**V.** 把……弄糊塗，使困惑；混淆 (+ with)；搞亂，使混亂
4	infuse	**V.** 將……注入；（向……）灌輸 (+ into)；使充滿；鼓舞 (+ with)；泡（茶）；浸漬；傾注（液體）(+ into)
5	diffuse	**V.** 使（熱、氣體等）四散，擴散；使滲出；傳播；散佈；普及；使（光線）漫射；使擴散 **Adj.** 四散的；擴散的
6	perfuse	**V.** 使佈滿（液體、顏色、光等），使充滿；傾注
7	suffuse	**V.** 遍佈；充滿
8	interfuse	**V.** 混入；混合
9	transfuse	**V.** 【醫】輸（血）；注射；移注；傾注；灌輸
10	profuse	**Adj.** 毫不吝惜的，十分慷慨的 (+ of / in)；極其豐富的；充沛的；過多的
11	circumfuse	**V.** 散佈；洋溢

habit 擁有，握住

🎵095

(= to have / to hold)

habit
- 1. ual
- 2. ude
- 3. uate
- 4. at
- 5. ant

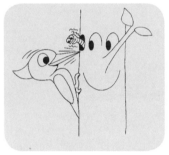

habit

4. habitat

5. habitant

	Vocabulary	中文
	habit	N. 習慣；（動植物的）習性；體型
1	habitual	Adj. 習慣的，習以為常的；慣常的
2	habitude	N. 習慣；習俗；體質；本質，本性
3	habituate	V. 使習慣於；上癮
4	habitat	N. （動物的）棲息地；（植物的）產地
5	habitant	N. 居民；居住者

延伸單字

	Vocabulary	中文
1	inhabit	**V.** 居住於 (= live in)
2	inhabitation = habitation	**N.** 居住;棲息
3	inhabitant = habitant	**N.** 居民,居住者
4	inhabitable = habitable	**Adj.** 適於居住的
5	cohabit	**V.** 同居

5. cohabit

turb 旋轉 (= to turn) 🎵 096

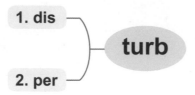

1. dis ┐
     ├─ **turb**
2. per ┘

1. disturb

	Vocabulary	中文
1	disturb	v. 妨礙，打擾；擾亂，搞亂；使心神不寧
2	perturb	v. 使心緒不寧，使不安，煩擾；擾亂，使混亂

延伸單字

	Vocabulary	中文
1	turbid	**Adj.** 渾濁的；污濁的；（思想等）混亂的，紊亂的，迷惘的；（煙、雲等）濃密的
2	turbidity	**N.** 渾濁；混亂；濃密；濁度
3	turbulent	**Adj.** 騷動的，騷亂的；動蕩的；混亂的；洶湧的；狂暴的
4	turbulence	**N.** （海洋、天氣等的）狂暴；動亂，騷亂；湍流，紊流

1. turbid

4. turbulence

side 坐下；下沈 (= to sit) 097

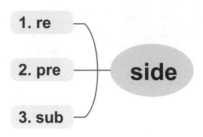

- 1. re
- 2. pre
- 3. sub

side

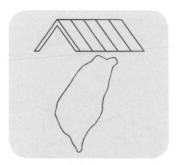

1. reside

Vocabulary	中文
side	N. 邊；面；側；端；旁邊；身邊
1 reside	V. 住，居住；駐在；（權力、權利等）屬於，歸於 (+ in)；（性質等）存在於 (+ in)
2 preside	V. 擔任會議主席，主持 (+ at / over)；轄；指揮 (+ over)；領奏，主奏 (+ at)
3 subside	V. 退落；消退；消失；平靜下來，平息；下沈，沈降；沈澱；坐下；跪下；躺倒

延伸單字

	Vocabulary	中文
1	assiduous	Adj. 勤勉的
2	dissidence	N. 異議
3	dissident	Adj. 意見不同的；不贊成的 N. 意見不同的人；不贊成者
4	insidious	Adj. 陰險的；狡詐的
5	presidency	N. 管理
6	resident	N. 居民 Adj. (-ital) 居住的，住宅的
7	president	N. 總統 (+ of)；會長；校長；大臣；長官；主席 (+ of)； 總裁；董事長
8	subsidence	N. 沈澱；平靜
9	subsidize	V. 津貼，補助 subsidization N. 補充；補助
10	subsidiary	Adj. 輔助的；貼補的 N. 輔助物；子公司
11	subsidy	N. 補貼；補助金

6. resident

7. president

ary 地方，場所 (= place) ♪098

1. libr

2. avi

3. sanctu

4. semin

ary

5. mortu

6. itiner

7. diction

3. sanctuary

6. itinerary

	Vocabulary	中文
1	library	N. 圖書館，藏書室，圖書室
2	aviary	N. 鳥舍，禽舍；鳥類飼養場
3	sanctuary	N. 聖所，聖殿，教堂；寺院內殿祭坊；避難所；庇護所；鳥獸禁獵區
4	seminary	N. 神學院 theological school seminar 研究討論會
5	mortuary	N. 停屍間，太平間 Adj. 死的；喪葬的；悲哀的
6	itinerary	N. 旅程；路線；旅行計劃；旅行指南 Adj. 旅行的；旅程的；路線的
7	dictionary	N. 字典，辭典

延伸單字

	Vocabulary	中文
1	diction	N. 措詞，用語發音；發音法
2	itinerate	V. 巡迴
3	mort	N. 通知獵物已死的號角聲

ery 地方，場所 (= place) 🎵099

1. gall
2. bak
3. win
4. distill
5. brew
6. refin
7. eat
8. green
9. scen
10. cemet

ery

1. gallery

9. scenery

Vocabulary		中文
1	gallery	N. 畫廊；美術館；迴廊，走廊，長廊 Vt. 擦傷 gall N. 膽汁 gall bladder N. 膽囊
2	bakery	N. 麵包店
3	winery	N. 釀酒廠
4	distillery	N. 蒸餾室；釀酒廠
5	brewery	N. 啤酒廠；釀造廠
6	refinery	N. 精鍊廠
7	eatery	N. （小）飯館
8	greenery	N. 暖房；溫室 (= greenhouse) greenhouse effect 溫室效應
9	scenery	N. 風景；舞臺布景
10	cemetery	N. 公墓；墓地

延伸單字

Vocabulary		中文
1	bake	N. V. 烘，烤
2	brew	Vt. 釀造；用……釀酒；泡（茶）；煮（咖啡）；調製（飲料）； 圖謀；策劃；醞釀
3	cement	N. 水泥 V. 黏緊，黏牢
4	distill	Vt. 蒸餾；以蒸餾法提取；抽出……的精華；提煉
5	refine	V. 提煉，精鍊，精製
6	scene	N. 景色；場面
7	wine	N. 葡萄酒；水果酒；酒

ory 地方，場所 (= place) ♫100

1. fact
2. dormit
3. observat
4. audit
5. laborat
6. territ
7. direct

ory

1. factory

2. dormitory

3. observatory

	Vocabulary	中文
1	factory	N. 工廠，製造廠
2	dormitory	N. 大寢室，團體寢室，學生宿舍
3	observatory	N. 天文臺；氣象臺；瞭望臺，觀測所
4	auditory	Adj. 耳朵的；聽覺的；聽到的 N. 聽眾；禮堂；講堂；聽眾席
5	laboratory	N. 實驗室；研究室；化學工廠；藥廠
6	territory	N. 領土，版圖，領地；地區，區域
7	directory	N. 姓名住址簿，工商名錄，號碼簿 Adj. 指導的；諮詢的

延伸單字

	Vocabulary	中文
1	audit	N. V. 審核；查帳
2	audition	N. V. 聽；聽覺；試聽；鏡
3	direct	V. 命令；指示；指導 Adj. 筆直的，直接的
4	fact	N. 事實
5	labor	N. V. 勞動；勞方；分娩
6	observe	V. 觀察，觀測；監視
7	terror	N. 恐怖，驚駭

cur 流動 (= to flow) 🎵101

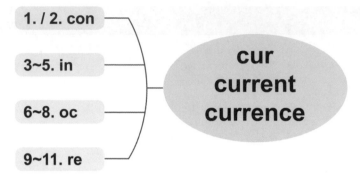

- 1. / 2. con
- 3~5. in
- 6~8. oc
- 9~11. re

cur
current
currence

1. concur

3. incur

6. occur

9. recur

Vocabulary		中文
current		Adj. 現在的，今天的，流通的
1	concur	V. 同意，一致 (+ with)；贊成 (+ in)；同時發生；合作；共同起作用
2	concurrence	N. 同時發生
3	incur	V. 招致，惹起，帶來；遭受
4	incurrent	Adj. 流入的
5	incurrence	N. 蒙受（損失），惹起（麻煩）
6	occur	V. 發生；出現；存在；被發現；被想起，被想到，浮現
7	occurent	Adj. 現在發生的，偶然的
8	occurrence	N. 發生，事件，存在
9	recur	V. 再發生，復發；再現，重新憶起；被重新提出，重提 (+ to)
10	recurrent	Adj. 復發的，週期性循環的
11	recurrence	N. 復發

延伸單字

Vocabulary	中文
excurrent	Adj. 流出的

vade 走，去 (= to go) 🎵102

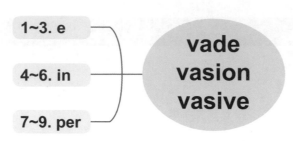

1~3. e
4~6. in
7~9. per

vade
vasion
vasive

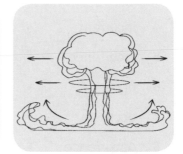

1. evade　　**4. invade**　　**7. pervade**

	Vocabulary	中文
1	evade	v. 躲避，逃避，迴避 (+ v-ing)
2	evasion	N. 逃避
3	evasive	Adj. 逃避的
4	invade	v. 侵入，侵略；侵犯，侵擾；擁入，大批進入；（疾病等）侵襲
5	invasion	N. 侵略
6	invasive	Adj. 侵略的
7	pervade	v. 瀰漫於，滲透於；遍及於，流行於
8	pervasion	N. 擴散
9	pervasive	Adj. 蔓延的

97

pute 想，思考，想法

(= to think) ♫ 103

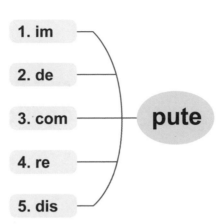

1. im
2. de
3. com
4. re
5. dis

pute

2. depute

4. repute

5. dispute

	Vocabulary	中文
1	impute	**v.** 歸罪於，歸咎於；因於
2	depute	**v.** 指定……為代理人，委任，授權給，把……交託給
3	compute	**v.** **n.** 計算，估算；推斷　computer **n.** 電腦
4	repute	**v.** 把……稱為，認為　　**n.** 名氣，美名，聲望；名譽 (= reputation)
5	dispute	**v.** 爭論，爭執 (+ about / on / over / with / against)，對……提出質疑；阻止，抗；（土地、勝利等）

rog 問 (= to ask) 🎵 104

1. / 2. inter

3. / 4. ar

5. / 6. ab

7. / 8. de

rogate
rogation

rogation

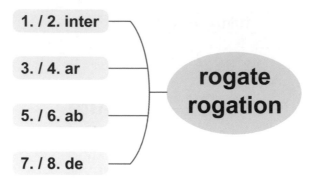

1. interrogate

3. arrogate

7. derogate

Vocabulary		中文
rogation		N. 祈求；禱告；懇請；祈禱儀式（尤指在耶穌升天前三日的祈禱）；（古羅馬執政官，護民官）法案的提出
1	interrogate	V. 審問；質問
2	interrogation	N. 訊問；審問；質問，疑問句，問號
3	arrogate	V. 擅取，冒稱，僭稱，妄指，沒來由地把……歸屬（於）
4	arrogation	N. 詐稱；霸佔；僭越
5	abrogate	V. 取消；廢除
6	abrogation	N. 取消；廢除
7	derogate	V. 貶損，減損，貶低；誹謗；損害
8	derogation	N. （名譽、權威等的）毀損，減損

延伸單字

Vocabulary	中文
arrogant	Adj. 傲慢的，自大的，自負的 (+ toward)

arrogant

found 灌注；底部

(= pour / bottom) ♫ 105

1. pro
2. con
3. dumb

found

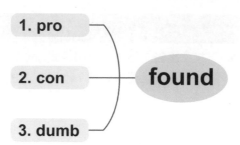

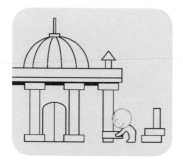

found

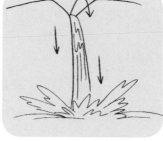

1. profound

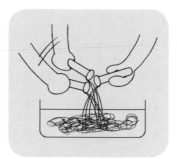

2. confound

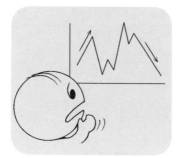

3. dumbfound

Vocabulary		中文
found	Vt.	創建，創設
	Vi.	基於，被建立在 (+ on / upon)
1 profound	Adj.	深深的，深奧的，全然的
	N.	靈魂深處
2 confound	Vt.	混淆 (= confuse) (confound A with B)；使驚慌
3 dumbfound	Vt.	使人啞然失色，使人驚愕失聲，使發愣

延伸單字

	Vocabulary		中文
1	founder	N.	創建者，創始人
2	foundation	N.	基礎，根基；地基
3	profoundly	Adj.	深奧地；深切地

2. foudation

hypo 底層，下方

(= under) 🎵 106

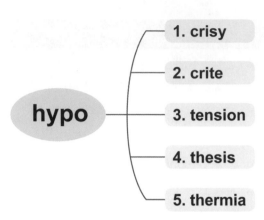

hypo
1. crisy
2. crite
3. tension
4. thesis
5. thermia

4. hypothesis

5. hypothermia

	Vocabulary	中文
1	hypocrisy	N. 偽善，虛偽
2	hypocrite	N. 偽善者，偽君子
3	hypotension	N. 低血壓
4	hypothesis	N. 假說；前提
5	hypothermia	N. 低體溫症

MEMO

sacr 神聖的，莊嚴的；

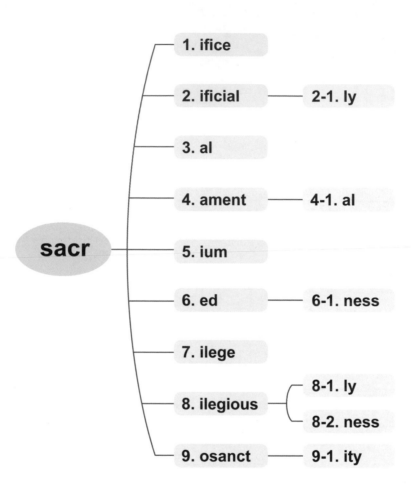

- **sacr**
  - 1. ifice
  - 2. ificial — 2-1. ly
  - 3. al
  - 4. ament — 4-1. al
  - 5. ium
  - 6. ed — 6-1. ness
  - 7. ilege
  - 8. ilegious — 8-1. ly
    - 8-2. ness
  - 9. osanct — 9-1. ity

1. sacrifice

6. sacred

聖徒；天使 (= sacred / saint) ♫107

	Vocabulary	中文
1	sacrifice	**N.** 祭品，犧牲 **V.** 犧牲，獻祭 sacrifice fly 犧牲高飛球長打
2	sacrificial	**Adj.** 獻祭的；具有犧牲性的
2-1	sacrificially	**Adv.** 犧牲地，獻祭地
3	sacral	**Adj.** 宗教典儀或活動的
4	sacrament	**N.** 聖禮；聖典，（大寫）聖餐；聖餐麵包
4-1	sacramental	**Adj.** 聖禮的；受聖禮約束的
5	sacrarium	**N.** 聖堂
6	sacred	**Adj.** 神的；宗教（性）的；神聖的；不可侵犯的；莊嚴的；鄭重的
6-1	sacredness	**N.** 神聖；受人尊敬；尊崇為神物；神聖不可侵犯
7	sacrilege	**N.** 褻瀆聖物；悖理逆天的行為
8	sacrilegious	**Adj.** 褻瀆神明的；該受天譴的
8-1	sacrilegiously	**Adv.** 褻瀆地
8-2	sacrilegiousness	**N.** 冒瀆
9	sacrosanct	**Adj.** 極神聖的；不可侵犯的
9-1	sacrosanctity	**N.** 神聖不可侵犯

san 完整，全部 (= whole) 🎵 108

```
          ┌─── 1. e

          ├─── 2. ity

          ├─── 3. ative

   san ───┤

          ├─── 4. atory

          ├─── 5. atorium

          └─── 6. itary
```

1. sane

5. sanitorium

	Vocabulary	中文
1	sane	Adj. 神志正常，頭腦清楚的；健全的，無疾病的；合乎情理的，明智的；穩健的
2	sanity	N. 精神健全，精神正常；清醒；明智，通情達理
3	sanative	Adj. 有療效的
4	sanatory	Adj. 治療病症的；有益健康的
5	sanatorium	N. 療養院，靜養地，療養所
6	sanitary	Adj. 公共衛生的；衛生上的；衛生的，清潔的 N. 公共廁所

tempt 試圖，嘗試

 109

(= try)

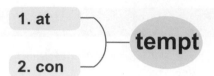

1. at
2. con
tempt

Vocabulary		中文
tempt		Vt. 吸引；引起
1	attempt	Vt. 試圖 N. 企圖；嘗試
2	contempt	N. 輕視，藐視

valu 價值 <small>(= worth)</small> 🎵 110

```
1. / 2. de ─┐
            ├─  valuate
3. / 4. e ──┘     valuation
```

Vocabulary		中文
valuate		V. 評價，評估
valuation		N. 估價，評價
1	devaluate	V. 貶值
2	devaluation	N. 貶值
3	evaluate	V. 評價，評估
4	evaluation	N. 評價，評估

延伸單字

Vocabulary		中文
1	value	N. 價值
2	invaluable	Adj. 無價的

sanct 神聖的，莊嚴的

(= sacred) ♫ 111

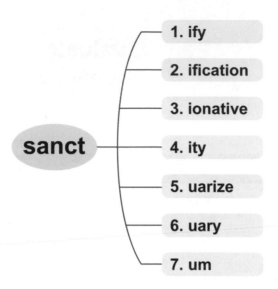

- 1. ify
- 2. ification
- 3. ionative
- sanct
- 4. ity
- 5. uarize
- 6. uary
- 7. um

1. sanctify

2. sanctification

4. sanctity

6. sanctuary

	Vocabulary	中文
1	sanctify = sacralize	**V.** 使聖潔，神聖化
2	sanctification = sanction	**N.** **V.** 神聖化；認可，批准（神的裁決）
3	sanctionative	**Adj.** 認可的
4	sanctity = sanctitude	**N.** 聖潔，神聖
5	sanctuarize	**Vt.** 給予庇護
6	sanctuary	**N.** 聖所（殿），教堂，庇護所，鳥獸禁獵區
7	sanctum	**N.** 聖所；密室

tort 扭曲；擰 (= twist) 🎵 112

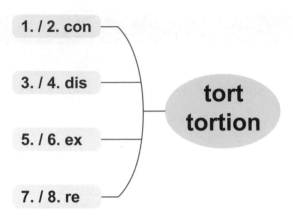

- 1. / 2. con
- 3. / 4. dis
- 5. / 6. ex
- 7. / 8. re

tort
tortion

7. retort

	Vocabulary	中文
1	contort	v. 扭曲，走樣
2	contortion	N. 扭曲，曲解
3	distort	v. 弄歪，失真
4	distortion	N. 扭曲，失真
5	extort	v. 勒索，敲詐

Vocabulary		中文
6	extortion	N. 勒索，敲詐
7	retort	V. 報復，反駁
8	retortion	N. 報復，扭回

延伸單字

Vocabulary		中文
1	torture	N. 酷刑；折磨；歪曲 V. 拷打；使為難；歪曲
2	torment	V. 使痛苦；煩擾；糾纏；歪曲
3	tortoise	N. 陸龜；行動遲緩的人或物

crimin 罪；怪罪；分別

(= crime / to differ) ♪ 113

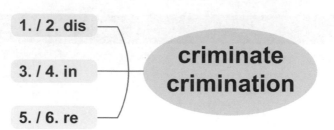

1. / 2. dis

3. / 4. in

5. / 6. re

criminate
crimination

criminate

1. discriminate

	Vocabulary	中文
	criminate	v. 使負罪；責備；控告；告發
	crimination	N. 負罪；控告；責備
1	discriminate	v. 區別，辨別 (vt. + from / vi. + between)； 有差別地對待 (+ against / in favor of)
2	discrimination	N. 辨別，區別；識別力，辨別力； 不公平待遇，歧視 (+ against)
3	incriminate	v. 暗示……有罪；牽連；控告，歸咎於
4	incrimination	N. 連累；控告
5	recriminate	v. 反責，反控
6	recrimination	N. 揭醜，反責；互相指責

延伸單字

	Vocabulary	中文
1	criminating	N. 負罪；責備；控告；告發
2	criminative	Adj. 負罪的；控告的；責難的
3	criminatory	Adj. 定罪的；責備的
4	criminal	Adj. 犯罪的，犯法的；刑事上的；可恥的
5	criminality	N. 犯罪（性）；有罪
6	discriminant	N. （數學）判別式
7	discriminating	Adj. 識別的；有差別的；有鑑別能力的，有鑑賞能力的；識別能力強的
8	discriminative	Adj. 有區別的；有差別的；有辨別力的
9	discriminatory	Adj. 有識別力的；差別對待的
10	incriminatory	Adj. 控告的；連累的
11	recriminative	Adj. 反控訴的，反責的，互相責備的
12	recriminatory	Adj. 互相責備的

4. criminal

flat 吹 (= to blow) ♫114

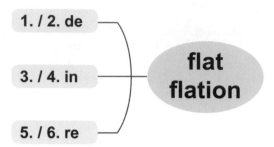

1. / 2. de
3. / 4. in
5. / 6. re

flat
flation

flat

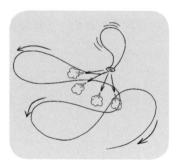

1. deflate

3. inflate

Vocabulary	中文
flat	**Adj.** 平的，平坦的，平伏的，平臥的，（輪胎）洩了氣的，無聊的，單調的，同樣的，（拒絕等）斷然的，降音的；降半音的，（費用，價格等）均一的，一律的，（電池）電力不足的，電用完的，（市場等）蕭條的 flat tire 漏氣的輪胎 **Adv.** 平直地，仰臥地 **N.** （英國）公寓，房間 **V.** 使變平，使降半音
1 deflate	**V.** 抽出……中的氣；緊縮（通貨）
2 deflation	**N.** 抽出空氣；通貨緊縮
3 inflate	**Vt.** 使充氣；使膨脹 (+ with)；使得意，使驕傲 (+ with)；抬高（物價）；使（通貨等）膨脹 **Vi.** 充氣；膨脹；擴大；得意，自傲
4 inflation	**N.** 通貨膨脹；充氣；膨脹；自大，自滿；誇張
5 reflate	**V.** 通貨再膨脹
6 reflation	**N.** （作為通貨膨脹控制政策一部分的）通貨再膨脹

延伸單字

Vocabulary	**中文**
1 flatten	**v.** 使平坦；弄平；擊倒，擊敗；摧毀
2 flatter	**v.** 諂媚；奉承 (+ about / on)；使高興，使感到滿意

1. flatten

2. flatter

	Vocabulary	中文
3	flatulent	Adj. 胃腸氣脹的；浮誇的；自負的
4	deflated	Adj. （人）氣餒的，泄氣的，灰心的；（輪胎、球等等）泄氣的
5	deflator	N. 緊縮通貨者；扣除通貨膨脹因素的（價格）指數；扣除貨幣價值變動因素的平減指數
6	deflationary	Adj. 通貨緊縮的
7	inflatee	N. 通貨膨脹受害人
8	inflationary	Adj. 通貨膨脹的；通貨膨脹傾向的
9	inflationist	N. 支持通貨膨脹政策的人
10	inflationism	N. 通貨膨脹政策；通貨膨脹的做法
11	inflatable	Adj. 膨脹的；得意的
12	inflator	N. 充氣者；打氣筒；增壓泵
13	reflationary	Adj. 通貨再膨脹的；景氣恢復的

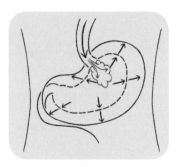

3. flatulent

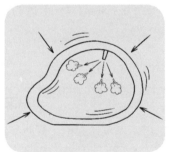

4. deflated

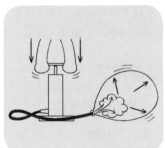

12. inflator

109 termin 界線；結束

(= end) 🎵 115

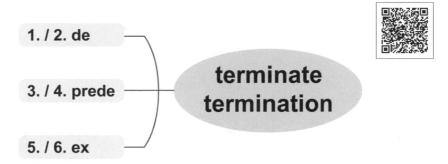

- 1. / 2. de ┐
- 3. / 4. prede ┤── **terminate termination**
- 5. / 6. ex ┘

	Vocabulary	中文
	terminate	V. 結束
	termination	N. 終止，結束
1	determinate	Adj. 限定的
2	determination	N. 決心
3	predeterminate	Adj. 預定的
4	predetermination	N. 預定
5	exterminate	V. 消除
6	extermination	N. 根除

延伸單字

	Vocabulary	中文
1	terminal	N. Adj. 終端
2	interminable	Adj. 冗長的，無限的

lude 演奏；玩，玩弄

(= to play) 🎵 116

1. al
2. col
3. de
4. e
5. inter
6. pre
7. post

lude

1. allude

2. collude

3. delude

7. postlude

	Vocabulary	中文
1	allude	v. 提到，提及
2	collude	v. 勾結，共謀
3	delude	v. 迷惑，欺騙
4	elude	v. （巧妙的）躲避，迴避，欺騙
5	interlude	N. 插曲，間奏，幕間
6	prelude	N. 前奏，序曲，前兆 v. 成為……前兆
7	postlude	N. 後奏曲，結尾

trude 推，擠 (= to thrust, to push) ♪117

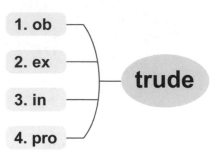

1. ob
2. ex
3. in
4. pro

trude

1. obtrude

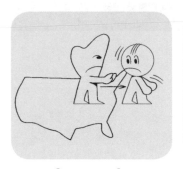

2. extrude

3. intrude

4. protrude

Vocabulary		中文
1	obtrude	v. 強迫，逼使，打擾
2	extrude	v. 擠壓出，使噴出，逐出
3	intrude	v. 打擾，侵入
4	protrude	v. 突出，伸出

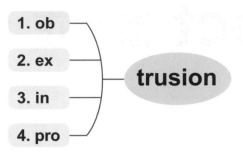

	Vocabulary	中文
1	obtrusion	N. 強制，闖入
2	extrusion	N. 壓成品，擠壓
3	intrusion	N. 闖入，侵入
4	protrusion	N. 隆起物，突出物

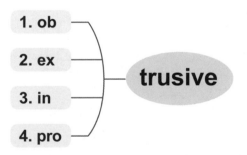

	Vocabulary	中文
1	obtrusive	Adj. 冒失的，莽撞的
2	extrusive	Adj. 擠出的，突出的
3	intrusive	Adj. 打擾的，插入的，闖入的
4	protrusive	Adj. 突出的

rect 直；正；規定 ♪118

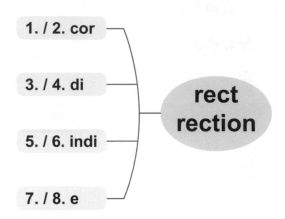

1. / 2. cor

3. / 4. di

5. / 6. indi

7. / 8. e

rect rection

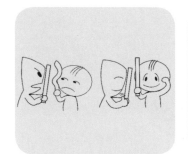

1. correct

3. direct

7. erect

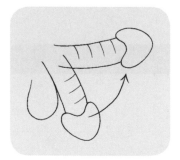

8. erection

9. rectify

	Vocabulary	中文
1	correct	**V.** 改正，糾正 **Adj.** 正確的，合適的
2	correction	**N.** 訂正，校正
3	direct	**V.** 指示，命令 **Adj.** 坦率的，直系的
4	direction	**N.** 方向，目標
5	indirect	**V.** 不坦率 **Adj.** 間接的，不誠實的
6	indirection	**N.** 間接手段
7	erect	**V.** 安裝，設立，創立 **Adj.** 直立的
8	erection	**N.** 建築物，豎起，勃起
9	rectify	**V.** 矯正，調正
10	rectification	**N.** 改正，矯正

延伸單字

	Vocabulary	中文
1	rectitude	**N.** 正直；公正；正確
2	rectum	**N.** 直腸

1. rectitude

2. rectum

bene 好，善 (= good / well) 🎵119

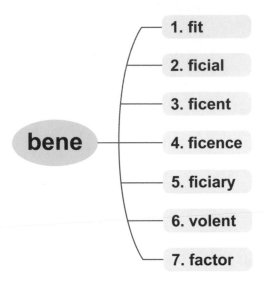

- 1. fit
- 2. ficial
- 3. ficent
- **bene** — 4. ficence
- 5. ficiary
- 6. volent
- 7. factor

7. benefactor

	Vocabulary	中文
1	benefit	**V.** 有益於；得益，受惠 (+ by / from) **N.** 利益；優勢；津貼
2	beneficial	**Adj.** 有益的；有利的；有幫助的 (= benefic) **Adv.** (-ly)
3	beneficent	**Adj.** 行善的；慈善的；結善果的；有益的
4	beneficence	**N.** 慈善；善行；饋贈,禮品
5	beneficiary	**N.** 受益人，受惠者；受俸牧師 **Adj.** 受聖俸的
6	benevolent	**Adj.** 仁慈的，有愛心的；親切的，善意的；慈善的 **Adv.** (-ly) **N.** 仁慈，善心，善意；善舉，恩惠；捐贈 (= benevolence)
7	benefactor	**N.** 好人，善人

延伸單字

	Vocabulary	中文
1	benign	**Adj.** 仁慈的，親切的；良性的；有益健康的
2	malefactor	**N.** 壞人，惡人

fore 先，前 (= before) ♫ 120

- 1. arm
- 2. head
- 3. tooth
- 4. man
- 5. bear
- 6. go
- 7. going
- 8. know
- 9. speak
- 10. tell
- 11. cast
- 12. shadow
- 13. sight
- 14. thought
- 15. time

fore

1. forearm

4. foreman

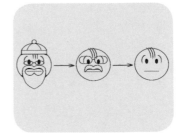

5. forebear

9. forespeak

Vocabulary	中文
1 forearm	N. 前臂
2 forehead	N. 前額
3 foretooth	N. 門齒
4 foreman	N. 工頭，領班；陪審團主席(= supervisor, overseer, boss)
5 forebear	N. 祖先(= forefather, foregoer, ancestor)
6 forego	V. 放棄 (= abandon, give up)
7 foregoing	Adj. 前面的；前述的，上述的 (= above, the front of)
8 foreknow	V. 預知 (= foresee) N. 預知 (= foreknowledge) Adj. 可預見到的 (= foreseeable)
9 forespeak	V. 預測 (= foretell, forecast) N. (-er)
10 foretell	V. 預言，預示
11 forecast	V.　N. 預報
12 foreshadow	V. 預示 (= foretell) N. 預兆
13 foresight	N. 遠見，先見之明
14 forethought	N. 事先的考慮，深謀遠慮
15 foretime	N. 過去

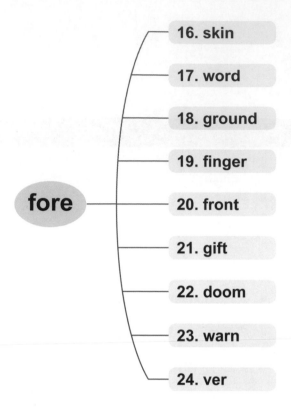

fore

16. skin
17. word
18. ground
19. finger
20. front
21. gift
22. doom
23. warn
24. ver

16. foreskin

23. forewarn

	Vocabulary	中文
16	foreskin	N. 包皮
17	foreword	N. 序，前言
18	foreground	N. 前景 (= prospects, the future, a perspective) ※ 反義詞 background
19	forefinger	N. 食指 (= the index finger, the first finger)
20	forefront	N. 最前線 (= the most ahead)
21	foregift	N. 押租，押金 (= deposit, a cash pledge, a rent deposit)
22	foredoom	V. 注定 (= destine, doom, fate)
23	forewarn	V. 預先警告；事先告知
24	forever	Adv. 永遠

延伸單字

	Vocabulary	中文
1	foregoer	N. 前驅者；祖先
2	forward	N. 前鋒 V. 轉交，發送，促進 Adv. 向前 Adj. 前面的

1. foregoer

sume 拿取 (= to take) ♪ 121

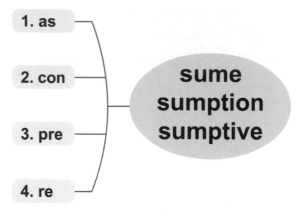

1. as
2. con
3. pre
4. re

sume
sumption
sumptive

1. assume

	Vocabulary	中文
1	assume	**V.** 以為；假定為；（想當然地）認為；承擔；就任；取得；呈現；採取；採用；把……視為己有，僭取，奪取；裝出，假裝
2	assumption	**N.** 假定，設想；擔任；承擔；奪取；篡奪 (+ of)；僭越；自大；假裝
3	assumptive	**Adj.** 假設的；傲慢的；不遜的

	Vocabulary	中文
4	consume	**v.** 消耗，花費；耗盡；吃完，喝光；燒毀，毀滅；揮霍，浪費；使全神貫注，使著迷；使憔悴；充滿 (+ with)；耗盡生命;被（燒）毀
5	consumption	**N.** 消耗；用盡；消耗量；消費量；消費；憔悴；肺癆；癆病
6	consumptive	**Adj.** 消費的；消耗性的；肺病的 **N.** 肺病患者
7	presume	**v.** 擅自（做）；冒昧（做）(+ to-v)；假定，假設；推測，認為；推定，意味著；擅自行為，放肆；設想；相信
8	presumption	**N.** 冒昧；放肆；自以為是；傲慢；推測；假定，設想；推測的理由（或根據）
9	resume	**v.** 重新開始，繼續 (+ v-ing)；恢復；重返；重新佔用；收回，取回；重新開始，繼續 **N.** 履歷表 curriculum vitae (C.V.)
10	resumption	**N.** （中斷後的）重新開始，繼續；恢復；重返；重獲；收回
11	resumptive	**Adj.** 概括的；扼要的；再開始的

延伸單字

Vocabulary	中文
consumer	**N.** 消費者

consumer

MEMO

附　錄

Robert Green Ingersoll (1833–1899) ♬ 122

In the nineteenth century, there lived a very impressive and remarkable man whose existence is virtually unremembered by the American public. As he was one of the most brilliant orators of America's Gilded Age (1878-1889) who attracted enormous crowds of spectators wherever he spoke, one would expect in retrospect that he would be better remembered today. This man was Robert Green Ingersoll who was born in 1833 in Dresden, New York and died in 1899 to be forgotten by American history.

During his lifetime, Ingersoll was a practicing lawyer and first-rate legal specialist who eventually became the Attorney General of the state of Illinois. As an advocate for social justice, he was specifically concerned with trying to eliminate all aspects of oppression in society. Believing that the dignity of all should be respected, he pressed hard to promote racial equality as well as women's rights.

Because Ingersoll challenged many traditional teachings of religion and morality, he had numerous detractors in his time. Nonetheless, he remained steadfast and refused to retract his beliefs even though they were controversial. Ingersoll, moreover, approached every issue from a humanist perspective. This humanity is well expressed in his famous statement: *My creed is this. Happiness is the only good. The time to be happy is now. The place to be happy is here. The way to be happy is to make others happy*. These words echo those of another gifted speaker who has not been lost to history. Like Ingersoll, the Reverend Dr. Martin Luther King, Jr. also challenged the society of his day and fought against the repression of his people. Dr. King said, "Life's most persistent and urgent question is: 'What are you doing for others?'"

These great men shared a belief that the pathway to a life of happiness comes from service to others. This powerful message remains as relevant today as ever, and Robert Green Ingersoll's moving humanist philosophy should continue to be cherished and shared with future generations of Americans.

Reference: http://www.rgimuseum.org/

羅伯特‧格林‧英格索爾（1833－1899）

十九世紀時，曾有一位相當了不起且重要的人，然而他的存在卻幾乎已被美國人民所遺忘了。由於他是美國鍍金年代（1878-1889）中最傑出的演說家之一，不論他到何處，總是吸引了成千上萬的觀眾。回想起來，他應該要是今日家喻戶曉的人物。1833年出生於紐約德累斯頓，死於1899年，這個人就是被美國歷史所遺忘的羅伯特‧格林‧英格索爾。

在英格索爾的一生中，他曾是位執業律師和一流的法律專家，最後成為伊利諾伊州的總檢察長。作為社會正義的倡導者，他特別致力於試圖消除社會上各種層面的迫害。他相信所有人的尊嚴都應受到尊重，並竭力促進種族平等和婦女的權利。

因為英格索爾挑戰了許多宗教和道德的傳統教誨，因此在那個時代引來許多批評者的責難。儘管當時許多論點都具有爭議性，他仍然堅定，不肯對他的信念做出讓步。英格索爾更從人道主義的角度來看待每一個議題。那些人道主義的思維在他著名的言論中被完整地闡述了出來：「我的信念就是：幸福是我們所追求的。現在就是我們要幸福的時間，這裡就是我們要幸福的地點，而能達到幸福的方法就是讓別人幸福。」這句話呼應了另一位沒有被歷史遺忘的天生演說家－牧師馬丁‧路德‧金－所發表的言論，就像英格索爾一樣，他除了挑戰當時的社會，也為族人所受到的欺壓做出反擊。金牧師說：「生命中最長存和緊迫的問題就是：『你正在為他人做什麼？』」

這些偉大的人分享著一個共同的信念：通往幸福生活的途徑來自於服務他人。至今，這個強大的信息對現今社會的相關性從未改變。人們應繼續珍惜羅伯特‧格林‧英格索爾動人的人道主義理念，並分享給美國未來的世世代代。

出處：http://www.rgimuseum.org/

單字索引

國家圖書館出版品預行編目資料

運用心智圖，72小時5000單（QR Code版）/
林尚德、Samuel A. Denny, Jr.合著
-- 初版 -- 臺北市：瑞蘭國際, 2019.09
304面；17 × 23公分 --（繽紛外語；92）
ISBN：978-957-9138-35-2（平裝）
1.英語 2.詞彙

805.12   108014481

大家都按讚

林尚德老師粉絲頁
https://www.facebook.com/
SundayEnglishStudio

繽紛外語系列 92

運用心智圖，72小時5000單 QR Code版
連美國教授都愛用的英語單字學習法

作者｜林尚德、Samuel A. Denny, Jr. · 責任編輯｜鄧元婷、王愿琦
校對｜林尚德、Samuel A. Denny, Jr.、鄧元婷、王愿琦

錄音解說｜林尚德、Jim Reynolds · 錄音室｜采漾錄音製作有限公司
封面設計、版型設計、內文排版｜余佳憓 · 插畫｜南山
插畫版權所有人｜林尚德

瑞蘭國際出版

董事長｜張暖彗 · 社長兼總編輯｜王愿琦
編輯部
副總編輯｜葉仲芸 · 副主編｜潘治婷 · 文字編輯｜林珊玉、鄧元婷
設計部主任｜余佳憓 · 美術編輯｜陳如琪
業務部
副理｜楊米琪 · 組長｜林湲洵 · 專員｜張毓庭

出版社｜瑞蘭國際有限公司 · 地址｜台北市大安區安和路一段104號7樓之1
電話｜(02)2700-4625 · 傳真｜(02)2700-4622 · 訂購專線｜(02)2700-4625
劃撥帳號｜19914152 瑞蘭國際有限公司 · 瑞蘭國際網路書城｜www.genki-japan.com.tw

法律顧問｜海灣國際法律事務所　呂錦峯律師

總經銷｜聯合發行股份有限公司 · 電話｜(02)2917-8022、2917-8042
傳真｜(02)2915-6275、2915-7212 · 印刷｜科億印刷股份有限公司
出版日期｜2019年09月初版1刷 · 定價｜380元 · ISBN｜978-957-9138-35-2
　　　　　2020年01月初版2刷